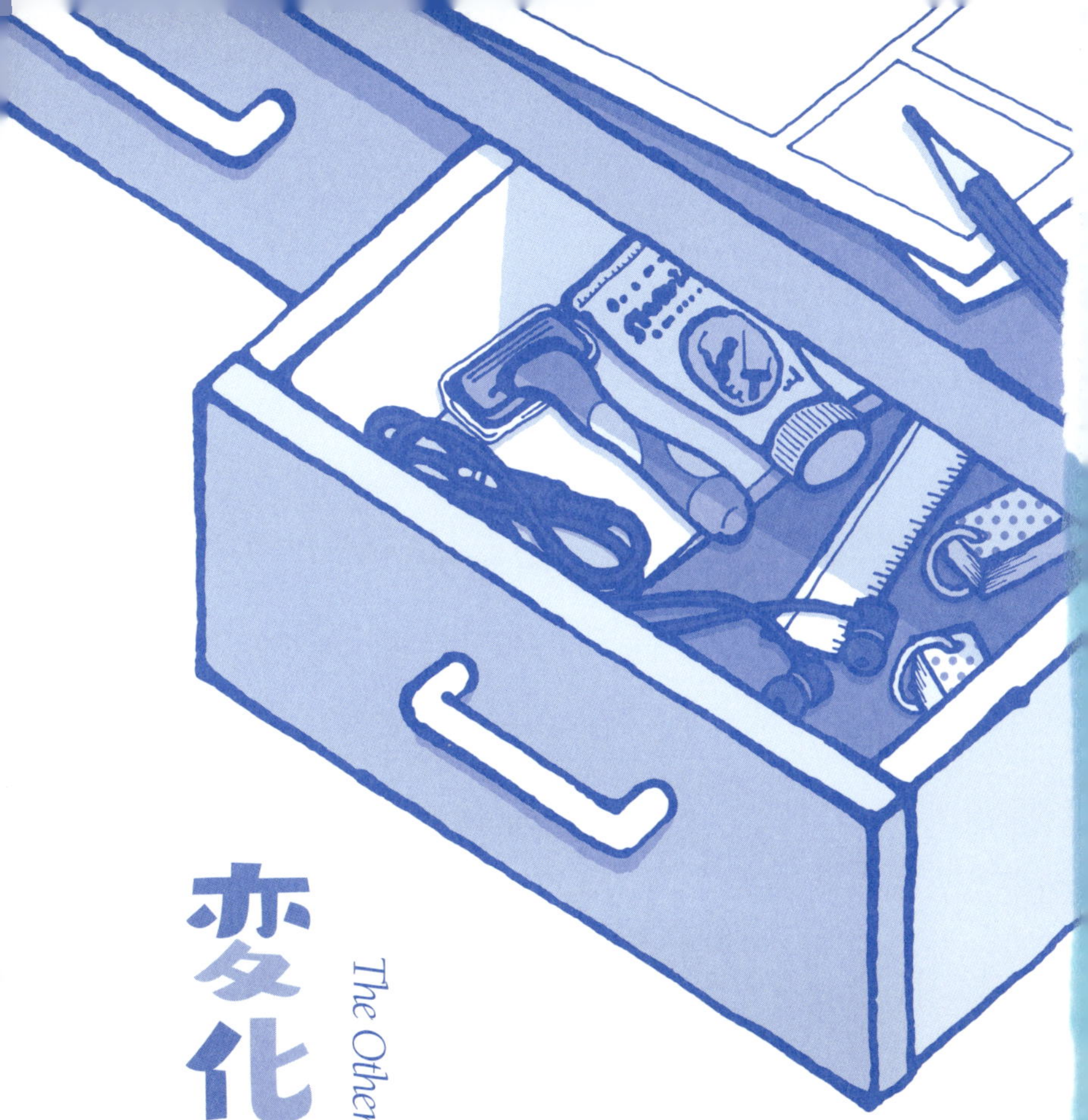

変化球男子

The Other Boy

M・G・ヘネシー 作

杉田七重 訳

すずき出版

あらゆるトランスジェンダーと、

性別の枠を超えたい子、

そしてその子たちを

無条件に愛する人々に捧げる。

The Other Boy

Published by arrangement with HarperCollins Children's Books, a division of HarperCollins Publishers through Japan UNI Agency, Inc., Tokyo

本文挿絵 スフェイ・R・モンスター　装画 ウチダヒロコ　装幀 長坂勇司

変化球男子

1

「おい、冗談《じょうだん》だよな？」ジョシュが野球のボールを片手《かたて》で宙《ちゅう》に投げあげ、反対の手で器用にキャッチした。

「悪い」ぼくは肩《かた》をすくめた。「どうしても行かなくちゃならないんだ」

「けど、最後の試合だぜ。負けたら、地区トーナメントに出られない」ジョシュがボールをこっちに投げた。

キャッチして、片手《かたて》のなかでまわす。まるで身体の一部のように、ボールが手にしっくりなじむ。そこが野球のいいところで、いつも自然体でいられる。「だから、ぼくなしで勝ってくれ」

ジョシュがこっちをにらむ。「だれが投げる？　ディランか？　やつじゃあ、話にならない」

「だいじょうぶ、やれるさ」いったものの、ディランのピッチングは、たいていツー・

ボール・ワン・ストライクで、敵《てき》に打撃《だげき》のチャンスをあたえることが多い。

ジョシュは靴《くつ》を歩道にすりつけるようにして歩いていく。気温はすでに三十度を超《こ》えて、四月にしては暑すぎた。

「おまえの母さんが、くだらない旅行のために試合を犠牲《ぎせい》にさせるなんて、信じらんねえ」ジョシュが首を横にふる。「話がわかる人なのにさ」

「まあね」いいながら、ちょっと気がとがめてくる。大事な試合に出ないなんて、ほんとうならありえない。でも今度だけはしかたなかった。その理由をジョシュに話すこともできない。三年前にロサンゼルスに引《ひ》っ越《こ》してきてから、ジョシュはずっと一番の親友だ。だけど、うそをついたほうが楽だってことがだれにだってある。

ジョシュが歩道から出ようとしたそのとき、交通誘導員《こうつうゆうどういん》のマリアおばさんがどなった。

「わたっていいというまで待ちなさい！」

「車なんて一台も来ないじゃん」とジョシュ。

「目に見えない車が走ってるのかも」ぼくがいうと、ジョシュがゲラゲラ笑った。

ぼくらをにらみつけながら、マリアおばさんが道路のまんなかへ出ていく。右手に持つ「ストップ」の標識《ひょうしき》を盾《たて》のようにかかげ、左手でわたれと合図をする。

「じゃあ、もうわたってもいいんですね？」とジョシュ。「ほんとうにいいんですか？」

「いやな感じ」うしろから聞きなれた声がした。

自分の顔が真っ赤になるのがわかった。マデリン・ダンカンが歩道から道路へ踏《ふ》みだした。マリアおばさんにまぶしいばかりの笑顔を見せて、「ブエノス・ディアス、セニョーラ・バスケス」とスペイン語であいさつをした。

マリアおばさんもうれしそうな笑《え》みを返した。「ブエノス・ディアス、マデリン」

「いい子ぶっちゃって」ジョシュがぶすっといい、ぼくらもあとから道路をわたった。

ぼくは無言のまま、歩いていくマデリンのリュックの上でさらさらゆれる赤いロングへアに目が釘《くぎ》づけになってる。ひじがうしろにつきでてるのは、ストラップを両手でにぎってるせいだ。今日はピンクのスカートに、あざやかなオレンジ色のレギンスを合わせ、ハイカットの青いコンバースを履《は》いてた。

「昨日のナイトゲーム、見たか？　ジャイアンツ、今シーズンはいい調子じゃん」とジョシュ。

「うん、すごいよな」いいながら、心はよそへ行ってる。マデリンにいやなやつだと思われたか？　追いかけていって、ちょっとふざけてただけなんだと言《い》い訳《わけ》したかったけど、そんなことをすればジョシュにひやかされる。マデリンにどう思われるか、なんでおまえ、気にするんだって。

だけど気になる。ものすごく。

去年までは、休み時間になるといっしょに鬼《おに》ごっこをして走りまわった。男か女かなんて関係なく、みんなが友だちだった。それが六年生つまり中学生になったとたん、暗黙《あんもく》の了解《りょうかい》みたいに、男女いっしょに遊ぶことがなくなった。女子はブランコのそばのベンチにたむろして、男子はバスケをする。

べつにバスケは好きだからかまわないけど、たまに鬼《おに》ごっこが恋《こい》しくなるときもあった。

「どした？」ジョシュがいって、またボールを投げてきた。

「べつに」とぼく。マデリンが足をとめて友だちふたりに話しかけ、三人そろって笑い声をあげた。

ジョシュがぼくの視線《しせん》を追って、片方《かたほう》の眉《まゆ》を持ちあげた。「そうか。マデリンが好きなのか」

「ちがう！」いったけど、もう遅《おそ》かった。

ジョシュはニヤニヤ笑いながら、「シェーンはマデリンが好き……シェーンはマデリンが好き」と節をつけてはやした。

ジョシュの脇腹《わきばら》にひじてつを食《く》らわせる。「だまれ！」

「うっ」痛《いた》そうな顔をする。「そう興奮《こうふん》するなって」

「それはこっちのセリフだ」ぼくはいいかえした。

始業のベルが鳴る前に校舎《こうしゃ》に入ろうと、みんなが玄関口《げんかんぐち》で押《お》しあいへしあいしてる。と、うしろからだれかに追突《ついとつ》されて倒《たお》れそうになった。体勢《たいせい》を立てなおしてふりかえると、ニコ・パーマーがざまあみろという顔をしてた。でかい男子で、ぼくらとはべつのムスタングズという野球チームに所属《しょぞく》してる。過去《かこ》五年連続で地区トーナメントに出場した名門チームだ。「気をつけろ！」ぼくはどなった。

「じゃまなんだよ」ニコはそういって、また新たな集団《しゅうだん》を押《お》しのけて階段《かいだん》を上がった。

「カーディナルズのヘタレチームめが」

「ヘタレはムスタングズだ！」ニコの背中《せなか》にむかってジョシュがどなる。

「ほっとけよ」ぼくはいった。「やつはばかだ」

「ああ、けど強打者だ。いずれやつらと戦うことになる。そうだろ？」

ぼくは肩《かた》をすくめた。「うちが勝てばね」うちのチームとちがって、ムスタングズは地区トーナメント戦の出場はほぼ確実《かくじつ》だ。

「きっとやつらはしくじる」ジョシュが希望をこめていい、ボールをリュックの脇《わき》ポケットに押《お》しこんだ。「じゃあまた、数学の時間に」

「うん、また」どうしても目はマデリンを追ってしまう。もう階段《かいだん》のなかほどまで上がってた。

混雑《こんざつ》をぬけてようやく廊下《ろうか》のつきあたりにあるロッカーまでたどりついた。自分のロッカーが持てるのはやっぱり気分がいい。去年までは教室の外に並《なら》んだフックにリュックをかけてた。それがようやく一人前と見なされたわけだ。

ロッカーのなかをどう飾《かざ》るかも一大事だ。ぼくの場合、好きな選手の写真をテープでとめてる。もちろん全員ジャイアンツの選手。ロサンゼルスの住人はホームチームのドジャースを応援《おうえん》するけど、ぼくは三年生までサンフランシスコにいたので、ホームチームといえばジャイアンツになる。それにジャイアンツのテーマカラーはオレンジと黒で、ハロウィーンを連想する。偶然《ぐうぜん》だけどハロウィーンはぼくの好きな祝日だ。自由に着飾《きかざ》ることができて、お菓子《かし》までただでもらえる。そんなすごい祝日はほかにない。

最初の二、三時間につかう教科書だけロッカーから取りだして、ホームルームの教室へ急ぐ。マデリンと同じ教室にいられるのはホームルームの時間だけだった。マデリンは成績優秀者《せいせきゆうしゅうしゃ》のカリキュラムを取ってるからで、ぼくももっと成績《せいせき》がよかったらと思わずにはいられない。

教室のなかは半分くらい席があいてて、マデリンはいつものように窓辺《まどべ》の席にすわってた。窓《まど》があいてると、マデリンの髪《かみ》の香《かお》りがそよ風に運ばれてくることがあって、ホームルームの十分間、ずっとストロベリー・バブルガムのにおいをかいでられた。

入り口で足をとめ、あいた席に目を走らせる。どこにすわろうか考えてるみたいに。だれかに見られてることも想定しつつ、肩《かた》をひょいっとすくめてから、めんどくさそうにマデリンのとなりの席にどすんと腰《こし》をおろした。スケッチブックを取りだすと、昨日の夜から描《か》きだした絵に手を入れていく。

「うまいね」

ぼくは顔を上げた。マデリンがにっこり笑ってて、くちびるがリップグロスでつやつや光ってる。「ありがと」

「何を描《か》いてるの？」身をのりだして、のぞきこむ。

ぼくはスケッチブックをまわして、マデリンがよく見えるようにした。「エイリアンだよ」

「すてき」とマデリン。

本気でいってるのか？　ふいに自分の描《か》いた絵がばかげてるように思えてきた。じつはいま宇宙探検《うちゅうたんけん》をテーマにした長編《ちょうへん》マンガを描《か》いてるんだと説明しようとしたところに、ピーターズ先生が入ってきて、「はい、みんな席に着いて！」と太い声を響《ひび》かせた。

みんなはぶつぶついいながら椅子《いす》を引いて着席した。

マデリンがまたこっちに身をのりだし、そっとささやいた。「週末に、大事な試合があるんでしょ?」

「えっ?」

「オリーブのお兄さんが、シェーンと同じチームに入ってるの」にこっと笑っていう。

「なんとしても勝たなきゃいけないって、お兄さんがいってた」

「うん、そうなんだ」ぼくが野球チームに入ってるのをマデリンは知ってた。それだけでどぎまぎした。「でもぼくは、母さんと出かけなきゃいけなくて」なんともバツが悪い。中学生になると、自分に親がいると認《みと》めるのさえ恥《は》ずかしい気がする。もちろん、だれにでも必ずいるんだけど。

「やだ、がっかり」マデリンが浮《う》かない顔になる。「わたし、オリーブの家にお泊《と》まりするから、見に行くつもりだったの。どこへ出かけるの?」

「サンフランシスコ。父さんがまだそこに住んでるんだ」

「すてき!　わたしはまだ一度も行ったことない」マデリンが小さなため息をついた。

「どんなところ?」

ここより寒くて、霧《きり》も多いけど、ずっと美しい。ゴールデンゲートブリッジをわたるときは、橋が腕《うで》をのばして抱《だ》きしめてくれるように感じられるし、タイミングがよければ、夕日に染《そ》まる水面《みなも》が黄金のように光るのが見られる。そういうことを伝えたいと言葉をさがしてるうちに、ピーターズ先生が出欠を取りはじめた。

ホームルーム終了《しゅうりょう》のベルが鳴って、またみんながしゃべりはじめた。ざわざわするなか、マデリンがいう。「旅行、楽しんできてね！」

「ありがとう」いっしょに教室を出たから、何か気のきいたことをいってマデリンを笑わせたかったけど、頭のなかは真っ白。そのうちマデリンの両脇《りょうわき》にケイトリンとオリーブがどこからともなくあらわれた。早口でしゃべってくすくす笑いながら、三人でよそへ歩いていってしまった。

ランチの時間、ジョシュがやってきて、ベンチの上にリュックをどさっと置いた。「問題は解決《かいけつ》した！」

ぼくはサンドイッチにかぶりつきながら、バスケットコートにずっと目をむけてた。ロサンゼルスでは、たいてい天気がいいから、ランチは外で食べる。男子のあいだでは、ボールカゴに一番近いベンチにすわるという、目に見えない競争が毎日繰《く》り広《ひろ》げられてる。だれであろうと、最初にランチを食べ終えたものが、一番いいボールをつかえる。半分空気のぬけたようなやつじゃなくて。うちの野球チームのディランも、コートの反対側のボールカゴに一番近いベンチにすわってて、すでにランチを半分食べ終えてた。そっちを見すえたまま、ジョシュにきく。「なんのこと？」

「今週末、おまえはオレんちに泊《と》まるってこと！」ジョシュがいって、両腕《りょううで》を大きく広げた。「ひとりぼっちで家に置いておけないって、おまえの母さんを心配させることなく、おまえは試合に出られる」

「無理だよ」サンドイッチをほおばった口でいう。

「なんで？」

「二晩《ふたばん》も続けて泊《と》まるなんて」そこで水をがぶ飲みする。「ジョシュのお母さんが、だめだっていうに決まってる」

「おまえ、何いってんの？　うちの母ちゃんは、オレよりおまえのほうが好きなんだぜ」

ジョシュは一オクターブ高い声を出し、歌うようにお母さんのまねをする。「あのシェーンって子、なんてお行儀《ぎょうぎ》がいいのかしら。ちゃんとドアを押《お》さえててくれるのよ。おまえはどうして、ああいうマナーを知らないの？」

ぼくはジョシュをつっついた。ジョシュがやりかえしてきて、危《あや》うくベンチから落ちそうになる。一年前はぼくのほうが強かったのに。

「まあとにかく、母ちゃんにきいてみるよ」

「だめだって」ぼくはランチバッグのなかをさぐった。リンゴ、ヘルシークッキー、トーフジャーキーが残ってる。みんなあとで食べることにする。いまはサンドイッチだけでじゅうぶんだ。

「なんでだよ？」

「だって」ぼくは肩《かた》をすくめた。「もう父さんとはずいぶん会ってないんだ」

ジョシュは信じられないというように、口をぽかんとあけてぼくを見た。「おまえ、正気か？　もし負けたら、それで終わりなんだぞ。トーナメントには出られない。野球のシーズンが終わったら会いに行くって、そういってやれよ」

ぼくは首を横にふった。「すごい計画を立ててるらしいんだ。すっぽかすわけにはいかない」

「どんな計画だよ？」ジョシュがつめよる。

「わからないけど。いろいろと」サンドイッチの包みを丸めて、三メートル先のゴミ容器《ようき》に投げる。ちゃんとなかに入った。「やった！」

「もし負けたら、みんなキレるって、わかってるよな？」

「負けないって」

「負けるかもしれない」

「そうしたら、来シーズン勝てばいい」だけど、ここまで勝利に近づいて、結局たどりつけなかったら、それこそ悲惨《ひさん》だ。カーディナルズが負けたら、試合に参加しなかった自分をいくら責《せ》めてもたりない。それでもこの旅行は数か月も前から指折り数えて待ってた。それをふいにするのはもっと悲惨《ひさん》だった。

ジョシュは身体のどこかが痛《いた》むような顔をしてる。「来シーズンって、一年も先じゃないか」

「ごめん」そういってすぐ立ちあがった。ディランはすでにバスケットコートのむこう側にあるボールカゴ目ざして歩いてた。

「監督《かんとく》は納得《なっとく》しないぞ！」ジョシュの声を背中《せなか》にききながら、ぼくは早くもカゴのなかからボールを選び、ひとつひとつコートにはずませて空気の入り具合をたしかめる。こういうとき、ジョシュにあっさりほんとうのことを話せたらどんなにいいかと思う。でもかんたんにはいかない。山ほどの説明が必要になる。考えただけで胃がぎゅっと締《し》めつけられた。

両手をつかってボールを思いっきり強くコートにたたきつけたら、はねかえってきたボールを顔で受けそうになった。ドリブルしながら、ぼくはジョシュにきく。「おい、やるのか、やらないのか？」

2

「ただいま！」ドアを閉《し》めながら、大声でいった。

「おかえりなさい！」母さんの声。「お客様が来ているの。少ししたら行くわ！」

玄関《げんかん》ホールの床《ゆか》にリュックを落とし、おやつを食べにキッチンへ直行する。このところ、四六時中お腹《なか》がへってた。ガツガツ食べてると、いつも母さんに頭をぐりぐりなでられて、また新たな成長期に入ったわねといわれる。それがほんとうならどんなにいいか。クラス一小さいってわけじゃないけど、自慢《じまん》できるほどの身長もない。

冷蔵庫《れいぞうこ》をあけてなかをのぞく。今日は、大豆のヨーグルト、ピクルス、ひよこ豆のペーストから選ぶしかない。食べ物をかかえて、テーブルに持っていく。

しばらくして母さんがやってきた。ぼくが食べてるものを見るなり、ゲラゲラ笑いだす。

「うそでしょ？　ヨーグルトにピクルス？」

「母さんは、毎日妊婦《にんぷ》さんとつきあってるんだから、こんなのふしぎじゃないでしょ」

母さんがかがんで頭にキスしてきた。「おかしいなんて思わないわ。わたしももらおうかしら」

母さんは助産師《じょさんし》で、自宅《じたく》で出産する女の人を手助けしてる。ぼくはお湯を入れた子ども用プールのなかで生まれたらしいけど、ぜったいぼくの友だちにはいわないよう、誓《ちか》わせてる。万が一ジョシュに知られたら、永遠《えいえん》にからかわれるに決まってる。

母さんは冷蔵庫《れいぞうこ》からヨーグルトを出してきて、椅子《いす》を引いた。食べながら、ぼくの髪《かみ》に目をむける。「そろそろ、切りに行かなくちゃね」

気になって頭をなでまわした。八歳《さい》になってから、髪《かみ》は思いっきり短くしててほとんど坊主刈《ぼうずが》りに近い。たしかに、いつもよりのびてる。「父さんに会いに行く前に?」

母さんのまなざしが柔《やわ》らかくなった。「どちらでも」

ぼくはヨーグルトをじっと見る。「あしたの放課後に行く」

「それはよかった」母さんがナプキンの上にスプーンを置く。「ねえ、いっしょにステラの家に泊《と》まったっていいのよ」

「父さんが待ってるから」顔を上げずにいった。

「それはそうだけど……」母さんが指一本でぼくのあごを持ちあげ、正面からぼくの目を見る。「あの人は、気がきかないところがあるし、そっちに泊《と》まるのが義務《ぎむ》みたいに、あなたに思ってほしくないの。わかる？」

うなずいた。正直なところ、父さんと週末をすごすのにちょっぴり緊張《きんちょう》してた。クリスマスシーズンにまるまる一週間父さんと暮《く》らしたけど、あまりうまくいかなかった。そのあと一度しか父さんには会ってない。

「あなたの好きなようにすればいいわ」口調が優《やさ》しい。「あの人には、わたしが話をつけるから」

「いや、うれしいんだ。父さんに会えるのが」ヨーグルトをスプーンでこそげとる。「楽しくなる気がする。びっくりプレゼントがあるんだって」

夕食のあと、机《つくえ》にむかって絵を描《か》きだした。マンガを描《か》いてると、いつも時間を忘《わす》れて夢中《むちゅう》になる。非日常《ひにちじょう》の、ワクワクする世界に飛びこむような気分だった。べつにふだんの生活がつまらないわけじゃないけど、エイリアンと戦うようなことはないから。

描《か》きはじめたのは昨年。それまでは方向性《ほうこうせい》が定まらなくて、マンガの一コマを模写《もしゃ》するようなことばかりやってた。映画《えいが》の『ガーディアンズ・オブ・ギャラクシー』の原作マンガに出てくるメジャー・ビクトリー。あとはノバとかサノスとか。ぼくが好きなのは、登場人物がいろんな星に行って、新種の生き物と出会って驚《おどろ》くべき体験をするといった筋《すじ》の

SF《エスエフ》だ。

そこから、自分で本格的《ほんかくてき》な長編《ちょうへん》マンガを描《か》こうと思った。『ガーディアンズ・オブ・ギャラクシー』と『スター・トレック』と『ファイヤーフライ 宇宙大戦争《うちゅうだいせんそう》』（まちがいなく最高のテレビドラマ）をまぜあわせたようなものを。主人公はホーガン・フィリオン。ホーガンは、ぼくが小さいころに飼《か》ってたイヌの名前で、フィリオンは、『ファイヤーフライ 宇宙大戦争《うちゅうだいせんそう》』でセレニティー号の船長マルコム・レイノルズを演《えん》じた俳優《はいゆう》の名前だ。

それはともかく、地球に何か恐《おそ》ろしいことが起きて、ほとんどの人間が死んでしまい、だれも住めなくなってしまうというのがことのはじまり。ホーガンは宇宙船《うちゅうせん》で逃《に》げて、地球を救う手立てをさがしに出発するんだけど、その途中《とちゅう》でみなしごのエイリアンを拾って、ウィロビーと名づける。ウィロビーは『スター・ウォーズ』に出てくるイウォークの毛のないバージョンで、怒《おこ》ると炎《ほのお》を噴射《ふんしゃ》する性質《せいしつ》があって、そのおかげでふたりは数々の難関《なんかん》を乗《の》り越《こ》えられる、という設定《せってい》だ。

ホーガンには特別な力は何もないけど、頭がよく、ユーモアもあって、たくましい。野球が好き（当然だ）で、地球を愛してて、ふたたび人の住める場所にするためならなんでもする。旅の途上《とじょう》でふたりはさまざまな種類のエイリアンと出くわし——友好的な者もいれば、そうでない者もいる——数々の冒険《ぼうけん》をする。

ほとんど描《か》きあがってるんだけど、これがもうほんとに熱中した。完成までには何年もかかると思ってた。学校の宿題を終えてからや、そしてこれを知ったら母さんはいい顔をしないだろうけど、授業中《じゅぎょうちゅう》もたまに描《か》いた。とにかく毎日描《か》き続《つづ》けた。長い休みや週末には、数時間もぶっ続けで。

ジョシュがあんまりぴんと来てないのは知ってる。数ページを見せたところ、「オレもホーガンみたいに筋肉《きんにく》モリモリだといいな」といっただけだった。

ぼくもそれには同感だった。というより、ひょろひょろした自分がいやだったから、ホーガンをことさら筋肉《きんにく》モリモリに描《か》いたんだと思う。

今日は最終章を仕上げる。ホーガンはある惑星《わくせい》にもう少しで到着《とうちゃく》する。その惑星《わくせい》で、みんなを統率《とうそつ》してるかしこいエイリアンに会い、地球を救う手立てを教えてくれるように説得するつもりだ。ウィロビーを鉛筆《えんぴつ》でていねいに描《か》いてると、ドアがノックされた。

「寝《ね》る時間よ」と母さん。

「わかってる」とぼく。「あともうちょっとだけ」

母さんが入ってきて、ぼくの肩越《かたご》しにホーガンの乗る宇宙船《うちゅうせん》メイヴェリック号をのぞきこんだ。メイヴェリック号が巨大《きょだい》な月に近づいていく場面だ。「すごいわ、シェーン。ほんとうに上手」前のページをぱらぱらめくりながら、母さんがきく。「これはだれ?」

「いや、べつに」そういって、すばやくページをもどす。母さんが指さしてたのは、ホーガンが、赤毛のロングヘアで肌《はだ》が紫色《むらさきいろ》をしたエイリアンの女の人とキスをしてる一コマだった。描《か》いたあとで、この人はマデリンにすごく似《に》てると気づいた。もちろん肌《はだ》は紫《むらさき》じゃないけど。

「ふーん」母さんが軽い調子でいう。「早く先を読みたいわね。できあがったら、どうするつもり？」

「さあね」そういってから、ていねいに机《つくえ》の上から消しゴムのかすを払《はら》って手のひらに集める。「そこまで考えてなかった」ほんとうはマンガ出版社《しゅっぱんしゃ》のマーベル・コミックに送ることを夢見《ゆめみ》てた。これはバケると判断《はんだん》されて百万部刷られ、お金持ちになって有名になる。でも現実的《げんじつてき》に考えて、十二歳《さい》の子どもと契約《けいやく》してくれるはずがないのはわかってた。

「とにかく、すばらしい出来だと思うわ」母さんがぼくの頭のてっぺんにキスをする。「じゃあ、歯を磨《みが》いてらっしゃい」

「了解《りょうかい》」敬礼《けいれい》のまねをしながら、そういった。

母さんが行ってしまってから、描《か》きあげたページをちらっと見た。まだエンディングが残ってるけど、まもなく完成だ。完成したら、コピーを取って、一部をマデリンにあげてもいい。自分が描《か》かれてるってわかってくれるかな。

どうして、いっしょに行っちゃいけないの？
ぼくのむかう先には危険《きけん》が待ってる
でも星を見あげるたびに、きみの顔を思いだすよ
!#%&!

3

「もし負けたら、ぜんぶおまえのせいだからな」金曜日、ふたりで教室を出ていきがてら、ジョシュがいった。

「落ち着けって。相手はクーガーズだろ。勝つって」

「去年はやつらに負けた」

「ああ、でも去年はオースティンがいなかった」オースティンはうちのチームで一番の強打者だ。背《せ》はチームで一番小さいんだけど。「やつがやるよ。ホームランの五本くらい、軽く打つって」

ジョシュは眉《まゆ》をひそめる。「それでも、おまえが試合に出てくれたほうがいい」

「そりゃあ、まあ、ぼくは天才ピッチャーだから」

「バーカ」ジョシュがいって鼻を鳴らす。

「マヌケ」

「おい、きみたち。もっと敬意《けいい》を持って、お互《たが》いを呼《よ》びあってもいいんじゃないかね」そばを通りすぎるコルデロ先生にたしなめられた。

「シ・セニョール」そうですねと、ジョシュがスペイン語で大まじめに答えた。ぼくをふりかえっていう。「わたしの尊敬《そんけい》するウッズ様」

「わたしの尊敬《そんけい》するツェイ様」

コルデロ先生があきれ顔になると、ぼくらは爆笑《ばくしょう》した。

門の近くまで来たところでジョシュにひじでつつかれた。「テレビゲームする時間くらいあるよな？『コール オブ デューティ』やろうぜ」

ぼくは首を横にふる。「空港に直行しないといけないんだ」

「わかった。じゃあ、またな」

「じゃあな。おい——負けるんじゃないぞ」

ぼくがいうと、ジョシュはこぶしを空につきあげた。ずっと昔にふたりで考えだしたポーズで、「バーカ」から、「またあとでな」まで、どんな言葉のかわりにもつかえる。

「チーム・ジョシューン！」

「チーム・ジョシューン！」ぼくも返した。

と、だれかにそでをひっぱられた。ふりかえると、マデリンがにっこり笑ってた。「じゃあね、シェーン。サンフランシスコ、楽しんできて！」

「あ、うん。じゃあ、また」

ハイカットのスニーカーで、はずむような足取りで通りをわたっていくマデリン。そのうしろ姿《すがた》を見送ってると、ふいに車のクラクションが鳴った。母さんがボルボを縁石《えんせき》によせてとめた。かけよって車に乗りこむ。

「学校はどうだった？」ほかの車を気にしながら母さんがきく。

「問題なし」

「はあ？」バックミラーを確認《かくにん》しながら、じりじりと車の流れに慎重《しんちょう》に入っていく。「それしかいうことはないの？」

ぼくは肩《かた》をすくめた。「じゅうぶんでしょ」

母さんがこっちを見て、にやっと笑う。「昔はなんでもかんでも話してくれたのよ。覚えてる？　車に乗りこんだが最後、ずっとしゃべりっぱなし。学校であったことをひとつ残らず話してしまうまで口を閉《と》じなかった。トイレ休憩《きゅうけい》のことまでね」

「いつの話だよ」恥《は》ずかしくなってそういった。

母さんが手をのばしてきて、ぼくのひざをぎゅっとつかんだ。「ああ、つまんない。こんなに早く大きくなっちゃって」

「ぜんぜん遅《おそ》いって」ぼくは不満をもらす。前方でマリアおばさんが、生徒の一団《いちだん》を追い立ててる。そのなかにニコがいて、頭ひとつ分、みんなより背《せ》が高い。

さあ行ってと、マリアおばさんがぼくらに手をふる。時計に目をやった母さんが心配そうにひたいにしわをよせた。「出発まで二時間しかないわ。この先渋滞《じゅうたい》にはまらないといいんだけど」

ぼくは座席《ざせき》に背《せ》をあずけて目をつぶった。まだ空気のなかにストロベリー・バブルガムのにおいがまちがいなく残ってる。

「何考えてるの？」

「え？」ぼくは目をあけた。

「ニヤニヤしちゃって」母さんがぼくにちらっと目をむけた。「なんかいいこと考えてるみたい」

ぼくはダッシュボードのカーナビを指さす。「高速は避《さ》けたほうがいいよ。もう渋滞《じゅうたい》がはじまってる」

4

「いま行く！」ドアのむこうから父さんの声が響《ひび》く。「ちょっと待ってくれ！」

ぼくらがやってくると、父さんはいつでも緊張《きんちょう》してあわてる。まるで来るとは知らなかったというように。実際《じっさい》には空港からここに到着《とうちゃく》するまでのあいだに、母さんがメッセージを二回送ってる。

「空港まで車で迎《むか》えに来るのが、どうしてそんなに大変なのかしら？」母さんがぼやく。

ぼくは母さんの顔を見た。「だってラッシュアワーだから」

「そうね。ごめんなさい」ぼくにむかって笑顔をつくろうとするものの、口がひきつってへの字になってる。父さんの近くにいるときはいつもこうだ。両親が離婚《りこん》した友だちのなかには、親どうしが険悪《けんあく》になってる場合もあるけど、うちはそうでもなくて、ぜったいどなりあったりしない。少なくともぼくのいる前では。それでもふたりがいっしょにいると、エレベーターに乗りあわせた他人どうしのようにぎこちなく、一刻《いっこく》も早く外へ出たいというような緊張感《きんちょうかん》がただよう。

ドアが勢《いきお》いよくあいて、父さんの身体がドア枠《わく》をふさいだ。一九〇センチを超《こ》える身長。髪《かみ》は黒く、広い肩幅《かたはば》と樽《たる》のような胸《むね》に圧倒《あっとう》される。腕《うで》は優《ゆう》にぼくの二倍。一夜のうちにこうなるんだろうかと、いつも思う。ぼくもある日目覚めたら、リンゴをつかむような感じで、片手《かたて》でバスケットボールをつかめるようになってるのかもしれない。父さんは母さんにむかってぞんざいにうなずいた。「レベッカ」

「アダム」母さんも同じようにこわばった口調。

ぼくはスーツケースの取っ手をいじくってる。父さんの視線《しせん》がこっちにむけられた。ぼくを視界《しかい》に入れたとたん、明らかにがっかりするのがわかる。いつも気づかれないようにしてるけど。「やあ、シェーン。またバッサリと切ったな。父さんにいわずに軍隊にでも入る気か？」

怒《いか》りを爆発《ばくはつ》させそうな母さんの横をそっとすぎて、ぼくは父さんにハグをする。「久《ひさ》しぶりだね」

「ああ」父さんがいって、ぼくの頭のてっぺんにキスをし、ぎゅっと抱《だ》きかえしてくる。肋骨《ろっこつ》が折れそうなほど強い力。「会いたかった」と父さんがいう。

「ぼくもだよ」

母さんがゴホンと咳払《せきばら》いをする。「それじゃあ、あしたのお昼に、この子のアポを入れてあるから。十一時半に迎《むか》えに来るわ」

「オレが連れていくよ」ぼくの頭越《あたまご》しに父さんがいう。

母さんが不満をもらす。「それについては、もう話はついてるはずでしょ。もしあしたを逃《のが》したら、また数か月待たないといけないんだから」

「だから、間に合うように連れていく」とげのある口調。「なんだってきみはいつも――」

「母さん、だいじょうぶだから」ぼくは話をさえぎり、お願いだからという顔を母さんにむけた。「ぼくが気をつけるよ」

母さんはまだ何かいいたそうだったけど、ぼくの顔を見ると、ため息をついた。「わかった。夜更《よふ》かしはしない、いいわね？」

「もちろん。じゃあね、母さん」さっとハグをして、うしろへさがった。この場面はできるだけ早く終わらせたほうがいいことを、ぼくは長年の経験《けいけん》から学んでる。

「じゃあな、レベッカ」父さんが顔を見ずに母さんにいう。

父さんがドアを閉《し》めようとすると、母さんが声をはりあげた。「もし何かあったら、電話するのよ！」

「わかってる！」こっちも大声で返した。

父さんはドアを閉《し》め、値踏《ねぶ》みするようにぼくを上から下までながめる。「大きくなったなあ」

「まあね」クリスマスのときより、六センチ背《せ》がのびてるっていいたかったけど、それもずいぶん子どもじみてる気がしてやめた。

「よし」父さんが両手を打ちあわせた。「夕食はピザでいいな？　おまえの母さんが注文するような、大豆のチーズなんかがのってるんじゃないやつだ」そういって、ぼくを連れて部屋に入っていく。「ゴートヒル・ピザに注文しよう」

母さんのことをかばいたかったけど、父さんの判断《はんだん》は正しい。ベジタリアンの食べるピザにはぞっとする。「サイコー」

「じゃあ、決まりだな」父さんの言葉が芝居《しばい》のセリフみたいに響《ひび》く。自分の子どもとどう話したらいいのかわからないみたいに。最初の夜はいつもぎこちない。あしたになれば、もっと自然になるはずだった。

ぼくが玄関《げんかん》ホールに荷物を置いたところで、父さんがピザの注文をしに行く。父さんの部屋はマンションの最上階にある、すごくいい部屋だ。いつもよりかたづいてるのが、妙《みょう》にひっかかる。

ぶらりととなりの部屋に入ったとたん、足が凍《こお》りついた。

「ちょっと!」思わず声をはりあげた。「トレーニングジム、なくしちゃったの?」トレッドミル、パンチングバッグ、バーベル、ぜんぶ消えてしまった。そのかわりに、長いダイニングテーブルとそろいの椅子《いす》が数脚《すうきゃく》並《なら》んでる。壁《かべ》には絵まで飾《かざ》ってあった。

「ああ」父さんがやってきて、電話を持ったままぼくのとなりに立つ。「そろそろちゃんと食事をする場所が必要だと思ってね。気に入ったかい?」

「うん」ほんとうは、家のなかにジムがあるのはかっこいいと思ってた。前にジョシュに話したら、思いっきりうらやましがってた。それに比《くら》べてダイニングルームはちっともおもしろくない。

「新しいテレビゲームもいくつか手に入れたんだ。見てごらん。もしもし?」耳に電話を当てていう。「待たせてすまない。半分はベジタリアンで、もう半分はペパロニとソーセージで。そっちのほうはミートの追加トッピングを」そういって、ぼくに片目《かため》をつぶってみせる。

テレビの前に積みあげられたXbox《エックスボックス》のゲームを物色しながら、ぼくは父さんの注文に首をかしげてる。父さんはベジタリアンのピザが大きらいなはずだった。ひょっとして健康を気づかうようになったのかもしれない。ジャケットにマントをつけた戦士が描《か》かれたゲームソフトをひっぱりだし、思わず大声をあげた。「新しい『アサシン クリード』?

うそだろ！」

「おまえが気に入ると思ってさ」父さんがうれしそうにいう。「新作が出るのは一か月先だと思ってた！」

「知りあいが、先行版《せんこうばん》をこっそりくれたんだ」にやっと笑う。「やってみるか？」

「もちろん。当然でしょ」

「おまえにも送ってもらうべきだったな」申《もう》し訳《わけ》なさそうな顔になる。「なんなら、それを持って帰ってもいいぞ」

「いや、いい。うちにXbox《エックスボックス》はないから」

「ほしいんじゃないか？　もう誕生日《たんじょうび》はすぎているが、もし――」

ぼくは首をぶんぶんふった。ゲームはいつもジョシュの家でやる。『アサシン クリード』のような暴力的《ぼうりょくてき》なゲームに、母さんがどう反応《はんのう》するか、楽に想像《そうぞう》できた。「いいから。とにかくやろう」

ピザが届《とど》くころには、ほとんどぎこちなさは取れてた。父さんは部屋にスピーカーつきのゲーム用のすごい椅子《いす》をふたつそろえてて、迫力《はくりょく》のある音が耳にじかに飛びこんでくる。すでに父さんは何度もやってるらしく、さまざまな技《わざ》を知ってた。ぼくに勝たせようとしてるのが見え見えだったけど、気にはならない。Xbox《エックスボックス》を買ってやれない罪滅《つみほろ》ぼしのつもりなんだろう。

ドアのベルがまた鳴った。ピザを配達してきた人が帰って、ふたりで皿とナプキンを用意してるときだった。父さんがふいに緊張《きんちょう》するのがわかった。そわそわして、注いでた牛乳《にゅう》を危《あや》うくこぼしそうになってる。

「配達の人が、何か忘《わす》れたんじゃない？」ぼくはいった。「チップ、ちゃんとわたした？」

「あ、いや……じつは友だちが来ることになってて」ぼくの表情《ひょうじょう》を見て、あわてていいたす。「わかってる。すまない。前もって話しておくべきだった。だが彼女《かのじょ》のことはきっと気に入ると思う」

彼女《かのじょ》。玄関《げんかん》に飛んでいった父さんを見て、いらっとした。何年か前から、女の人を数人紹介《しょうかい》されてたけど、みんな一度きり。思わずため息がもれる。

でも誤解《ごかい》しないでほしい。ぼくは親がデートするのは気にしない。ずいぶん前に離婚《りこん》してるから、ふたりがいっしょにいる場面もあまり覚えてない。ほかの人といっしょにいるときのほうが、どちらも幸せそうだった。だからいつの日かふたりとも再婚《さいこん》してほしいと、本気で思ってる。

それでも数か月ぶりに会うんだから、この週末は父さんをひとりじめできるものと思ってた。それで、かなりむっとしながら、その「友だち」を出迎《でむか》えに廊下《ろうか》をとぼとぼ歩いていった。

父さんの言葉に反応《はんのう》して、女の人の笑い声がきこえる。まるで世界一愉快《ゆかい》な男の話をきいてるみたいだ。廊下《ろうか》の角を曲がったところで、相手の姿《すがた》が目に飛びこんできた。背《せ》が高くて、母さんと同じ金髪《きんぱつ》だったけど、母さんよりずっと若《わか》い。ピザをつまむだけの夕食会なのに、スカートにハイヒールを合わせた盛装《せいそう》。

「シェーン、こちらはサマー」父さんが紹介《しょうかい》する。その口ぶりから、ぼくが何かまずいことをいいやしないか、ひやひやしてるのがわかる。

握手《あくしゅ》をし、「はじめまして」とあいさつをする。サマーの手はぐにゃりとして、正しい握手《あくしゅ》のしかたを知らないみたいだ。

「こんにちは！」サマーが元気よくいう。「ずっと会いたかったのよ、シェーン！　お父さんの部屋に飾《かざ》ってある写真、もう、すごくかわいくって」

ぼくは父さんをにらみつけた。前にここに来たとき、飾《かざ》るのはやめると約束したはずだった。「あれ、気に入ってたから」申《もう》し訳《わけ》なさそうに父さんがいう。「それに、あそこならだれにも見られないし」

サマー以外、だれにも。そう思ったけどいわずにおいた。

「これはピザのにおいかしら？」サマーがいって、お芝居《しばい》でやるように鼻をくんくんさせる。「ピザは大好き！　それにほら、アイスクリームも買ってきたの！」

食欲《しょくよく》が一気になくなって、夕食の席でふたりが話をしてるあいだ、ぼくはピザをフォークでつっつきまわしてた。何かきかれても、イエスかノーのどちらかで答えるだけ。だんだん父さんがいらだってくるのがわかったけど、べつにこっちは気にもならない。

デザートを食べるころになると、状況《じょうきょう》はさらに悪化した。サマーがテーブルでアイスクリームをよそってるあいだ、ぼくは顔を見なくてすむよう、サマーの手に目をむけてた。それで、あっと気づいた。「ワーオ、大きなダイヤ」

自分の指にはまった大きなダイヤモンドにサマーが目を落とし、それから父さんに視線《しせん》を移《うつ》した。ふたりとも一瞬《いっしゅん》だまりこみ、言葉をつかわずに大人の会話をしてる。それから父さんがテーブルに身をのりだしていう。「シェーン、おまえに大事な話がある」

もうわかってる。前にいったように、ぼくは両親がデートをするのをいやだと思ったことはないし、ほかの人と結婚《けっこん》してもいいと思ってた。ただこれまでは、実際《じっさい》にそうなったらどうなるかまでは考えてなかった。

「婚約《こんやく》したんでしょ」ぼそっといった。

また沈黙《ちんもく》が広がり、それから父さんがサマーの手を取っていう。「ああ、そうなんだ」

「それで、シェーンに結婚式《けっこんしき》に出てもらいたいの！」サマーがわざとらしいほど熱っぽくいう。「予定は来年の六月」

「六月ねえ」まだぼくはこの人の名字も知らないのに、もう日取りまで決まってる。

「場所はナパ・バレーを考えてるの」サマーが続ける。「そんなに大げさな式じゃないけど、シェーンに花嫁《はなよめ》つきそいの女の子をやってもらいたいの！」

これだよ。

まるで胃をパンチされたような気分だった。呼吸《こきゅう》が苦しい。父さんを見ると、ごくりとつばを飲んでる。何かのどにつまってるみたいに。

「あっ」サマーがいって、口に手を当てた。「ごめんなさい。わたしはただその……もちろん、いやならドレスは着ないでいいの……」

椅子《いす》をひっくりかえして乱暴《らんぼう》に立ちあがると、ぼくは自分の部屋へ走っていった。ドアをバタンと閉《し》め、背中《せなか》で押《お》さえながら荒《あら》い息をつく。目に涙《なみだ》がチクチクもりあがってきて、鼻水まで流れてきた。

コツンと一回ノックの音。父さんがいう。「シェーン？　頼《たの》むからきいてくれ。サマーに悪気はなかったんだ。彼女《かのじょ》はただ、うちの……ルールを知らないだけなんだ。おまえのことは、男の子みたいな子だといってあった」

「みたいじゃなくて、男だ！」あまりに大声でどなったので、壁《かべ》がふるえ、窓《まど》が割《わ》れそうに感じられる。寝室《しんしつ》に鍵《かぎ》はかけられないから、よろめきながらバスルームに入って、ドアに鍵《かぎ》をかけた。しばらくただ突《つ》っ立《た》って、はあはあ息をはずませてる。全身が細かくふるえてた。こんなにひどいことを父さんにされたのは初めてだ。裏切《うらぎ》られたような気分だった。

床《ゆか》にくずおれ、つっぷして泣きだした。

!!
わっ！
ウィロビー！ 支配者《しはいしゃ》がいるぞ
うっ！
やつらは目には見えないんだ
!!

5

三歳《さい》のとき、友だちのマットと遊んでて、ラメの入った糊《のり》で全身べたべたになったから、母さんがふたりいっぺんに洗《あら》ってやろうと、いっしょに風呂《ふろ》に入れた。そうして母さんがタオルを取りに行ってるとき、ぼくは気がついた。マットの足のあいだを指さして、「それ、何？」ときく。

「これはぼくのピーナッツ」マットは誇《ほこ》らしげにそういった。「ここからオシッコが出るんだ」

どういうことなのか、よくわからない。ピーナッツにはぜんぜん見えなかった。ぼくはピーナッツアレルギーだったから、親からピーナッツのかたちはちゃんと教わってた。

「それ、食べられるの？」

マットはきっぱりと首を横にふった。「そっちのピーナッツじゃない。男の子にしかついてないんだ」

「だけど、ぼくにはないよ。男の子なのに」

「何いってんだ、ちがうよ」マットはゲラゲラ笑った。「おまえは女の子。だからピーナッツはついてないんだ」

ぼくはマットをにらんだ。「女の子なんかじゃない」

「女の子だ」

「ちがう！」

マットが湯をバシャッとかけてきた。ぼくもやりかえしたところ、マットの目にせっけんが入って泣きだし、母さんがもどってきた。結果的に、そこで終わってよかったんだろう。マットは怒《いか》りが爆発《ばくはつ》すると、たまにぼくにかみつくことがあって、それがものすごくいやだったから。

そのあと、昼寝《ひるね》の時間になって、ふとんをかけてくれる母さんにぼくはきいた。「ママ、どうしてぼくにはマットみたいなピーナッツがついてないの？」

母さんは身をかがめ、ぼくのひたいにキスをした。「それは男の子にだけついているものなの」

「でもぼくだって、男の子だよ」

母さんは真剣《しんけん》な顔でぼくをじいっと見た。「男の子だったらよかったって、そう思うの？」

「ちがう」ふいにわけがわからなくなった。

「女の子だって、悪いことはなんにもないのよ。なんでも好きな仕事につけるし、だれでも好きな相手と結婚《けっこん》できるわ」

「うん。でもぼくは男の子」

「わかったわ。大好きなシェーン」そういって、ぼくをぎゅっと抱《だ》きしめた。

そのとき初めてわかった。男の子と女の子はちがってて、ぼくはおかしいと思われてるんだって。そのあと両親は、ぼくがスカートやワンピースを着なくても気にしなかったし、トラックや電車のおもちゃで遊ぶぼくを誇《ほこ》らしく思ってるようだった。

「この子は男まさりでね」人にきかれれば、昔はそう説明してた。

けど、父さんはいまでも、大事な人にまで――結婚《けっこん》するような女性《じょせい》にまで――まちがいなく昔と同じことをいってる。それがぼくにはどうしても許《ゆる》せない。

十五分後、立ちあがって涙《なみだ》をふいた。そのあいだも鏡は見ない。前はよく、映《うつ》らないようにせっけんの泡《あわ》を鏡にぬりたくってたけど、汚《きたな》らしいからやめるように父さんにいわれた。それでいまは、鏡を見ないようずっと目を伏《ふ》せてる。そこにどんな姿《すがた》が映《うつ》ってるか、わかってる。父さんの家では、自分がいつでも女の子みたいに見える。

自分の部屋にもどってベッドにバタンと倒《たお》れ、ばかげたぬいぐるみをぜんぶ払《はら》い落《お》とす。

いらないっていうのに、父さんから無理に買いあたえられたもので、父さんはそれで何かが変わるとでも思ってるようだった。ドアのむこうから声がきこえる。サマーはうちに泊《と》まっていくんだろうか。朝になって何事もなかったように、あの人とさしむかいで朝食の席に着くのはいやだった。

それでスマートフォンを取りだして母さんに連絡《れんらく》した。

三十分後にあらわれた母さんに、父さんは不満げだ。玄関《げんかん》ホールで、ふたりが声を殺していいあらそうなか、サマーは父さんの寝室《しんしつ》に隠《かく》れて出てこない。サマーがここにいるのを、母さんは知ってるんだろうか。父さんが結婚《けっこん》することはぜったい知らないはずだ。知ってたらぼくに話してただろうから。いまここで、そのことも話してるんだろうか。

スーツケースの取っ手をつかんで、リビングで待ってるあいだ、どうしても話が耳に入ってくる。だんだん声が大きくなっていく。サマーが父さんの寝室《しんしつ》のドアをあけて出てきた。こっちもずっと泣いてたような顔。

サマーは無理矢理《むりやり》笑顔をつくり、手招《てまね》きをしてきた。ぼくは両親のどちらかが来てこの場を救ってくれることを祈《いの》りながら、のろのろと、できるだけゆっくりそっちへむかう。

「ねえ」サマーが口をひらいた。たぶん思ってたほど若《わか》くない。少なくともいまはずいぶん年を取って見える。「わたしのせいで、こんなことになっちゃった。そうよね？」

口をひらいたら、何かひどいことをいってしまいそうで、ぼくは肩《かた》をすくめた。

「ほんとうに、ほんとうにごめんなさい。それだけはいいたかったの。あなたのお父さんは――」そこで玄関《げんかん》ホールのほうへ目をやる。まだ父さんの姿《すがた》は見えない。「わたしにぜんぶ話してはくれなかったの」

「うちの子は異常《いじょう》だって、いわなかったんだ？」ぽろりと出てしまった言葉はもどしようがなかった。また目に涙《なみだ》がもりあがってきて、泣かないようにくちびるをぎゅっとかむ。

「シェーン、あなたは異常《いじょう》なんかじゃないわ」サマーが身をかがめる。ハグをしたいけど、していいのかどうか、迷《まよ》ってるみたいに。「あのね、わたしには男の子の身体で生まれた姪《めい》がいるの」

ぼくは疑《うたが》うように目を細めた。あまりに都合がよすぎる話。「いない。いるわけがない」

「まあ姪《めい》というよりは、またいとこなんだけど」いいなおした。「でも、大の仲良しよ。シェーンのこともちゃんと知ってたら、あんなことぜったいいわなかった」

ぼくは床《ゆか》に目を落とした。この人にどう思われようとべつにかまわない。父さんと結婚《けっこん》すれば、やがて子どもが――正常《せいじょう》な子どもが――何人か生まれて、父さんに会うことも少なくなる。「父さんなんて大きらいだ」ぼくは低い声でいった。

サマーが驚《おどろ》いた顔になる。「シェーン、そんなわけない――」

「ほんと、大っきらい。ぼくがそういったって、告げ口したってかまわない」それだけいうと、くるっと背《せ》をむけて廊下《ろうか》を走った。ぼくに気づいて両親が話をやめた。父さんを押《お》しのけ、のばしてきた手を避《さ》ける。「シェーン、待ってくれ――」

「母さん、行こう。早く」ふりかえらずにいった。

長い沈黙《ちんもく》のあと、母さんが低い声でいう。「わたしが連れて帰るのが一番いいみたいね。この件《けん》については、あしたまた話しあいましょう」

しばらく考えてから、父さんが「わかった」といった。悲しいのか、それともほっとしてるのか。たぶん両方とも、ちょっとずつあるんだろう。

母さんはずっと無言。車に乗りこんで初めて、「だいじょうぶ?」とぼくにきいた。

ぼくはうなずいた。「うん、だいじょうぶ」

「なんでも話してくれていいのよ、わかってるわね?」こっちが話す気分じゃないときに、いつも母さんはそういう。話せばなんでも解決《かいけつ》するわけじゃないことをわかってない。かえって問題が悪化することだってあるのに。

「わかってる。だからもう行こう」

母さんは一瞬《いっしゅん》だまり、それからうなずいて車を出した。

6

待ってるあいだ、あくびをひとつして、椅子《いす》の脚《あし》にスニーカーをこすりつける。アン先生に最初に診《み》てもらってから、もう四年になる。この先生は一般《いっぱん》の医者とはちがって風邪《かぜ》や耳の痛《いた》みを診療《しんりょう》するのではなく、ぼくのような子どもを相手にする。室内はとても居心《いごこ》地《ち》がよく、壁《かべ》はあざやかな色に塗《ぬ》られ、子どもたちの写真やおもしろい絵なんかであふれかえってる。けれども、昨夜あんなことがあったあとでは、この部屋にいても気分は晴れなかった。

母さんはゴシップ雑誌《ざっし》をぱらぱらめくりながら、鼻で笑ってる。ときどき眉《まゆ》を持ちあげて、ひらいたページをぼくに見せる――「有名人もわたしたちと同じ！　キムがまた失《しっ》恋《れん》」。こういう雑誌《ざっし》は大きらいなはずなのに、待合室にいるときはいつも必ず手に取った。

ぼくのむかい側に、ぼくより年下の子どもがすわってる。たぶん八歳《さい》くらい。髪《かみ》は短くて少年っぽいけど、ふわふわのスカートをはいて、スニーカーはピンクだ。その子がスマートフォンでゲームをしてるあいだ、お母さんはひざの上に手を組んでかたくなってすわり、中空を見すえてる。ぼくは首をかしげた。あのお母さんは喜んでここに来てるのか、それとも逆《ぎゃく》か。くちびるを真一文字《まいちもんじ》に結んでるようすは、悪い知らせを覚悟《かくご》してる感じにも見える。

母さんの手を取ってぎゅっとにぎる。母さんは驚《おどろ》いた顔で笑い、ぼくの後頭部を手でなでる。身をよせて、こんなことをいう。「髪《かみ》を切ったばかりのこの感じ、アザラシの赤ちゃんみたいで大好き」

「そうそう、ぼくも」母さんに笑《え》みを返す。

ふいに出入り口のドアがあいて、ぼくらはそろって顔を上げた。信じられない。入ってきたのは父さんだった。ぼくらを見つけるなり、あやふやな笑《え》みを浮《う》かべる。「ここでいいのかどうか、わからなかったんだ。まるで迷路《めいろ》だ！」

「父さん、ここに何しに来たの？」ぼくはきいた。あんなことがあったあとで、一番会いたくない相手だった。

「先生とアポを取っているんだろ？」したり顔でいう。

母さんとぼくはすばやく目を合わせる。こんなことは初めてだった。まだこっちでいっしょに暮《く》らしてるときでも、父さんは先生との面談に参加したことはなかった。いつでも何かしら言い訳《いわけ》をして。きっと昨日のことでやましい気分になってるから来たんだろう。ぼくはしかめっつらをした。もし、昨夜のことがこれで許《ゆる》されると思ってるなら、大まちがいだ。こんなことですむわけがない。

ぼくが何も答えないでいると、気弱な笑《え》みを浮《う》かべてた父さんが、おどおどした顔になった。母さんのとなりに腰《こし》をおろし、スマートフォンをひっぱりだす。居心地《いごこち》が悪いまま三人だまってすわってると、やがてレインボーがあらわれた。ぼくの大好きな看護師《かんごし》さんで、受付のデスクをまわりこんでこっちにやってくる。「こんにちは、シェーン。まもなくアン先生が診《み》てくれるわ」

ぼくは立ちあがってリュックを肩《かた》にかけ、下をむいたまま歩きだした。両親がすぐうしろについてくる。壁《かべ》に貼《は》ってあるポスターを父さんが一枚一枚確認《まいまいかくにん》してるのがわかる。ほとんどが子どもの写真だ。なんだそうかとわかって、どことなくほっとしてる父さんのようすが目に見えるようだ。いったい父さんは、ほかの何を予想してたんだろう。

「ロサンゼルスの暮《く》らしはどう？」レインボーがぼくの肩《かた》に腕《うで》をまわしてきく。十歳《さい》のときからひそかに憧《あこが》れてた女の人。きれいな人で、肌《はだ》は薄茶色《うすちゃいろ》で瞳《ひとみ》はブルー。ちょっとメイクが濃《こ》すぎるけど、それでも美女に変わりない。

「いい感じ」ぼくはぼそっといった。

「そりゃそうでしょ。最近だれか有名人を見かけた？」

ぼくは肩《かた》をすくめた。レインボーはいつも同じことをきいてくる。「ファビオっていう男の人をスーパーマーケットで見たよ。シャンプーか何かを売ってた」

あのとき母さんとぼくは笑いだしそうになった。巨人《きょじん》のような男の人が、野菜売り場の横でちっぽけなサンプルを配ってた。見たことのない人だった。ぼくは店員さんだと思ってた。けど、母さんの話では、安っぽいロマンス小説の表紙を飾《かざ》る有名人らしい。

「ファビオって、ほんと？」レインボーが三《み》つ編《あ》みにした長い髪《かみ》のひとふさをぼくに見せる。「彼《かれ》のシャンプー、わたしの髪《かみ》にもいいかしら？」

「さあ。でもその人、ずいぶんきれいな髪《かみ》だった」ぼくがいった。

それがウケたみたいで、レインボーが声をあげて笑った。「あなたは本物のコメディアンよ、シェーン」ドアについたポストにファイルをさしこんでから、レインボーがドアを押《お》さえてぼくらを通してくれる。「先生はまもなくいらっしゃるから」

ぼくらが入ると、ドアが閉《し》まった。ぼくは診察台《しんさつだい》の上にすわり、母さんは椅子《いす》にすわった。父さんは先生のすわる回転式のスツールにどすんと腰《こし》をおろした。スツールをゆっくりまわす。「感じのいい看護師《かんごし》さんだ」

「レインボーはほんとうにいい人なんだ」

「そうか。で、彼女《かのじょ》は……」

父さんは先が続かず、スツールに腰掛《こしか》けたまま両の眉《まゆ》を持ちあげて、ぼくらの顔をじっと見てる。

母さんが説教をはじめる前に、ぼくがいった。「ここで働く人はたいてい、トランスジェンダー（心と身体の性《せい》が一致《いっち》しない人）なんだ」

「じゃあ先生も？」といってしまって、母さんに鋭《するど》い目でにらまれると、父さんは弁解《べんかい》するように両手をあげた。「ただきいてみただけだ」

「きいてどうするの？」母さんがいらだちをこらえていう。

「先生はちがうと思う」ぼくも母さん同様いらついてた。父さんはまるで動物園か何かの見物《けんぶつ》に来たみたいだった。

「いや、とにかくようやく先生に会うことができてよかった」心にもない言葉が、狭《せま》い部屋に場違《ばちが》いなほど大きく響《ひび》く。

母さんが激怒《げきど》してるのが、すわったようすからよくわかった。肩《かた》をこわばらせ、バッグのストラップをつかんでる手の関節が白くなってる。ぼくも頭に来てたけど、同時に少し不安にもなってた。父さんなんて来なければよかったのにと、本気でそう思う。何から何まで台無しだ。ありがたいことに、ドアをノックするかたい音が響《ひび》いて、アン先生が入ってきた。

「まあ、みなさん」と先生。「今日はご家族おそろいでいらしたのね？」

ドアがひらくなり、父さんがはじかれたように立ちあがった。そのままずわってると何かトラブルに巻《ま》きこまれると恐《おそ》れてるみたいに。「アダム・ウッズです。ようやくお会いできてうれしいです」

アン先生は父さんと握手《あくしゅ》してから、ぼくらのほうへむきなおった。「こんにちは、レベッカ、シェーン。会えてうれしいわ！」

「こんにちは」ぼそっとぼくはいった。ほんとうは自分も会えてとてもうれしいといいたかった。定期的に健康診断《けんこうしんだん》を受ける先生はロサンゼルスにいるけど、ぼくの一番のお気に入りはアン先生だった。最初に会った日のことは一生忘《わす》れない。アン先生なら答えてくれるわ、それってすごいことよ、だからなんでもききなさいと、母さんがぼくに恥《は》ずかしくなるような質問《しつもん》をさせた。

一番大きな疑問《ぎもん》は、ぼくは「本物の男の子」になれるのか。

最後の最後にそれをきいた。口に出したとたん、猛烈《もうれつ》に恥《は》ずかしくなった。これじゃあまるで人間になりたがったピノキオだ。先生に笑われて部屋を追いだされるのが関の山だと思った。

ところがそうではなく、アン先生は椅子《いす》にすわりなおして、ぼくの目をのぞきこんだ。

「ねえ、シェーン。あなたが気づかなきゃいけない一番大事なことは、あなたはすでに男の子だってこと。男の子の脳《のう》を持って生まれてきたの。わたしは、身体のほかの部分もそれに合わせるように力を貸《か》すことができる。あなたがそれを望むならね。だけど、そういったことは、べつに男性《だんせい》であるための必須条件《ひっすじょうけん》じゃないの。わかるかしら？」

この先生はぼくをほんとうに理解《りかい》してくれてるのがわかった。先生と話したことで、ぼくの考え方も変わった。あなたの身体はおかしくない。人とちがう個性《こせい》なのと、母さんはいつもいいはってた。それまではまったく意味不明だったけど、アン先生にいわれると、なぜかそのとおりだと思えた。

いま先生はカルテのページをめくりながら、かすかにうなずいてる。すでに知ってることを確認《かくにん》してるみたいに。「それじゃあ数か月前に十二歳《さい》になったのね。遅《おそ》まきながら、誕生日《たんじょうび》おめでとう！」

「ありがとうございます」

「それじゃあ、はじめましょう」先生はカルテを閉《と》じ、眼鏡《めがね》のずれを直してから、ぼくの両親に目をむけた。「おふたりはちょっと外に出て待っていてもらえますか。そのあいだにかんたんな検査《けんさ》をします」

父さんは不満そうだったけど、母さんはすでにバッグをつかんでた。ふたりがいなくなると、アン先生はいつもと同じ検査《けんさ》をひととおり行った。目と耳を調べ、腹部《ふくぶ》と背中《せなか》を触診《しょくしん》していく。そのあいだずっと、いろんな質問《しつもん》を投げてくる。「ブロッカーの副作用はまだ出ていないわね？」

「はい、これといって特には」ぼくはいった。九歳《さい》になってから、ホルモンの作用を妨《さまた》げるホルモン・ブロッカーを腕《うで》に埋《う》めこむようになった。「ときどき軽い頭痛《ずつう》が起きるくらいです」

先生はうなずいて、またカルテをめくった。「じゃあ、最後に入れたのが一年前だから、今日新しいものと替《か》えるわね。それで最近、気分はどうかしら？」

「いいです」

「不快感《ふかいかん》とか、まったくない？」検査《けんさ》のために、ぼくの腕《うで》をひっくりかえしながらいう。

「いいえ、ほんとうに調子はいいです」ぼくはきっぱりいった。

いつも先生は、こういった質問《しつもん》をさりげなくしてくる。それというのも、ぼくみたいな子どものなかには問題をかかえる子がたくさんいるからだ。ぼくと母さんも、ロサンゼルスでサポートグループに参加してたけど、野球が忙《いそが》しくなると行かなくなってしまった。そこには自傷行為《じしょうこうい》に走る子や、いまにも倒《たお》れてしまいそうな拒食症《きょしょくしょう》の女の子もいた。原因《げんいん》は「身体的違和感《しんたいてきいわかん》」と呼《よ》ばれるもので、ぼくと母さんがふつうの病院に加えてセラピストにも会いに行ってたのはそのためだった。でも、ぼくは自分の身体をきらってるわけじゃない。ちがってたらいいとは思うけど、世の中にはもっと大変な身体に生まれた子どももいる。前に通ってた学校には脳性小児麻痺《のうせいしょうにまひ》の子がいた。思うように身体が動かせず、スポーツも歩くこともできなかった。あれはほんとうにつらいと思う。

「それはよかった」アン先生は白い歯を見せて、心からうれしそうに笑った。「となると、テストステロンをはじめるかどうか、そろそろ決断《けつだん》するべきね」

「はい」いいながら、興奮《こうふん》で胸《むね》がドキドキする。これが今回ここに来た一番大きな目的だった。そのために大事な野球の試合をあきらめた。

先生がぼくの足をぽんとたたく。「よし。じゃあ、ご両親を呼《よ》ぶわね」

先生が医療的《いりょうてき》な説明をしてるあいだ、ぼくはほとんどきいてなかった。父さんは話に耳をかたむけながらあいづちを打ち、母さんは退屈《たいくつ》そうで、ちょっといらだってる感じもあった。ぼくらはこの話を以前からきいてるからだ。

そしてアン先生が、テストステロンをはじめるかどうかの話に入った。「シェーンの年ごろの男子のほとんどが、この一年のうちに思春期のピークを迎《むか》えます」先生が説明する。「理想的なのは、シェーンもみんなと足並《あしな》みをそろえて成長していけることなのですが」

「なるほど、わかります」父さんはそういうものの、ほんとうにわかってるのかどうかあやしい。実際《じっさい》には話をきいてないのに、きいてるふりをする悪い癖《くせ》がある。

「この治療《ちりょう》には覚悟《かくご》が必要です」アン先生が母さんに目を移《うつ》す。母さんはふいに不安そうな顔になった。

父さんがひたいにしわをよせた。「どういう覚悟《かくご》でしょう？」

アン先生はがまん強く、笑顔で説明をする。「つまり、これまではホルモン・ブロッカーの力でシェーンは女性《じょせい》として思春期に入るのを抑《おさ》えてきました。そこにテストステロンをまぜると、彼《かれ》は男性《だんせい》として成長していきます。声が太くなり、喉仏《のどぼとけ》ができ、体毛やひげが増《ふ》えて、より男性《だんせい》らしい身体つきになっていく」

どれもこれも、夢《ゆめ》のようだった。ひげをそるなんて、想像《そうぞう》しただけでワクワクする。そうだ、口ひげを生やそう。

「わかりました」父さんがゆっくりいう。「しかし、そのテストステロンの摂取《せっしゅ》をやめれば、またもとにもどるんですよね？」

「何もかもというわけにはいきません」アン先生がいう。言葉を慎重《しんちょう》に選んでるのがわかる。「なかには一度変化したら永久《えいきゅう》にそのままという部分もあります。それ以外は外科手《げかしゅ》術《じゅつ》でもとにもどすことも可能《かのう》ですし、放っておけば自然にもとどおりになる部分もあるでしょう。しかしシェーンの場合、女性《じょせい》の思春期を飛ばすことになりますから、人工的な手段《しゅだん》をつかわずに子どもを産むことは、おそらくできなくなると思われます」

長い沈黙《ちんもく》が続いた。父さんは先生の話を頭のなかで整理してるようだが、その顔に浮《う》かんだ表情《ひょうじょう》が、ぼくは気に入らなかった。「ぜんぜんオッケー」ぼくは口をはさんだ。「それについては、母さんとすでに話しあいずみ――」

「待ってください」父さんが片手《かたて》をあげた。「じゃあ、うちの娘《むすめ》は子どもを産めなくなるんですか？」

「息子《むすこ》でしょ」母さんがうなるようにいった。父さんのこういう無神経《むしんけい》さに、いつも母さんは激怒《げきど》する。正直いってそれはぼくも同じだったが、母さんとはちょっとちがう。娘《むすめ》といわれたとたん、部屋のなかの空気がぜんぶ吸《す》いだされてしまったような気がする。

「はい、自然なかたちでは」アン先生がおだやかにいう。「ですから、慎重《しんちょう》に考える必要があるんです」

「ぼくはかまわない」すかさずいった。「ほんとうに、ぼくは――」

「おまえは十二歳《さい》だ」父さんがいう。「自分にとって何が大事かわかっていない」

ぼくはスニーカーをにらんだ。胸《むね》がムカムカしてる。何もかもが、勝手にまわりはじめてる。こうなるともうぼくにはとめようがない。

「それなのに、今日決めろとおっしゃるんですか？」父さんがいう。そんなばかな話があるかという口調だ。「ことが早急《さっきゅう》すぎます」

「わたしたちはもう、さんざん話しあったの」と母さん。

〈さんざん〉という部分を強調したことから、母さんのいいたいことは明らかで、そういいたくなるのも無理はない。もし父さんが先生との面談にもっと前から参加してたら、ことを急ぎすぎるなんて思わないはずだった。

アン先生は居心地《いごこち》が悪そうだった。「もちろん、今日決めなければいけないわけではありません。六か月後か、一年後に、またあらためてシェーンに来てもらえれば」

「それが一番だと思います」父さんがほっとしたように椅子《いす》に背《せ》をあずけた。

「だめだ！」

両親が驚《おどろ》いてぼくの顔を見た。まるで同じ部屋にいるのを忘《わす》れてたかのように。

「どうしてわかんないの？　同じクラスのみんなはこれからどんどん変わっていくんだよ。女子なんかもうすでに変わってる。それなのに、ぼくだけはガキのまんまだ」目に涙《なみだ》がもりあがってきた。「置いていかれたくないんだよ」

「シェーン、みんなそれぞれ発育の速度はちがうの。今日はじめなければ世界が終わるってわけじゃないのよ」アン先生がぼくをなだめるようにいう。

でもぼくは終わりだ。何か月も前から今日の日を楽しみにしてた。夜、歯を磨《みが》いたあと、鏡の前に立って胸《むね》をはり、テストステロンを摂取《せっしゅ》したらどんなふうになるのか想像《そうぞう》をめぐらせた。細っこい腕《うで》を曲げのばしして、筋肉《きんにく》が倍になった自分を想像《そうぞう》した。低い声を出す練習をして、父さんみたいな声を出せるまでになった。

それなのに、ここまで来て取りやめになる。おまけに、ぼくが試合に出なかったことでチームは敗退《はいたい》し、今シーズンの野球はもう終わりになるかもしれない。それもぜんぶ自分のせいだ。

ぼくは床《ゆか》をにらみつけた。角の欠けたタイルがひとつある。そこに意識《いしき》を集中して泣かないようがんばる。

「ちょっと時間をいただいてもいいでしょうか？」母さんが緊張《きんちょう》した声できく。

「もちろん」アン先生がいって、腕時計《うでどけい》にさっと目をやる。「べつの患者《かんじゃ》さんを診《み》てから、またもどります」

先生が出ていってドアが閉《し》まったとたん、重苦しい沈黙《ちんもく》が広がった。父さんはあちこちに目をやるのに、ぼくと母さんだけは見ない。母さんは父さんをにらみつけてる。

「あなたって人は、まったくどうかしてる」とうとう母さんが口をひらいた。

ぼくは身をかたくした。子どもの前ではケンカをしないというルールがあったのに、それが破《やぶ》られるかもしれない。

「不意打ちだったから」父さんは片手《かたて》で顔をつるりとなでた。ぼくに視線《しせん》をむけると、笑顔をつくった。「もっと前から面談に参加しているべきだった、そういいたいんだろ?」

ぼくは肩《かた》をすくめた。そういうこと。でももう遅《おそ》い。

「このためだけに、この週末にはるばるここまでやってきたの」母さんの声には怒《いか》りがはっきりにじみでてる。

「待つことが、どうしてそんなおおごとになるのかわからない」父さんが言《い》い訳《わけ》するようにいう。「先生だって、あせらなくていいという感じだったじゃないか」

「ぼくはあせってる」

「シェーン、頼《たの》むよ。これ以外のことなら、父さんだって文句《もんく》はいわない。ブロッカーでも……なんでも」そういって、自分にはよくわからないというように顔の前で片手《かたて》をふる。

「だがこれは……おまえの人生を永遠《えいえん》に変えてしまう」

そうだよ。これでぼくは永久《えいきゅう》に、本来なるべきだった身体になれる。

「とにかく、わたしたち双方《そうほう》が同意しないといけないの」母さんがいう。「法的養育権《ほうてきようういくけん》はどちらにもあるんだから」

父さんはためてた息を一気に吐《は》いた。急に年を取ったように疲《つか》れた顔になり、ずっと怒《おこ》ってたぼくも思わず同情《どうじょう》して胸《むね》が痛《いた》む。父さんは父さんなりにがんばってるんだろう。

これはとても難《むずか》しい問題で、どうしていいのかわからなくなるときがあるのかもしれない。

それでも、父さんが「今日決めるのは無理だ。すまない」といった瞬間《しゅんかん》、胸《むね》にともってた希望の火が、ふっと消えた。ぼくや母さんの顔を見ずに、父さんは部屋を出ていき、ドアが閉《し》まった。

お願いです…
あなたがたは地球にとって最後の望みの綱《つな》なのです
われわれは、下等な種の運命にかかわる気はない　おまえたちはここにやってきたことで、われわれの法を破《やぶ》った
しかし、こちらはあなたがたの助けが必要なんです！
ウーウー
われわれの星に侵入《しんにゅう》した罪《つみ》で、おまえたちは死ぬまで…
監獄《かんごく》で暮《く》らすものとする！
いやだ！

7

自分の部屋のベッドにもぐりこんで泣きたい。もうそれしか考えられなかった。けれども帰りの飛行機はあしたの午後発で、便の変更《へんこう》は高くつくと母さんがいった。それでステラの家に行くことにした。

ステラはサンフランシスコに住んでて、以前、母さんといっしょに仕事をしてた。背《せ》が低くて、青く染《そ》めた髪《かみ》をワックスでつんつんに立ててるけど、年齢《ねんれい》は五十歳《さい》ほどのいい大人だ。いつも穴《あな》あきジーンズをはいて、ぴかぴか光るアクセサリーをじゃらじゃらつけて、あいた時間があればサルサを踊《おど》ってる。

「いいじゃないの、シェーン」首を横にふりふり、よくこんなことをいう。「ダンス教室に来て、あたしと踊《おど》ってよ。もうちょっと大きくなって、ダンスができるとなれば、女の子たちはもうあなたを放っておかないんだから」

自分が男だと最初に打ち明けた相手がステラだった。ある日、ステラのキッチンで母さんを待ってるときに、ぽろっと口から出てしまった。ステラはシチュー用の野菜を切ってて、ダンス教室で出会った男の人の話をしてた。それから話題がぼくに移《うつ》った。「で、シェーン、あなたはどう？　好きな男の子はいないの？」

ぼくはぶんぶん首をふり、ふいにほおが熱くなるのがわかった。ステラが大声で笑った。

「いるんだ、やっぱり！　教えてよ！　お母さんにはいわないから」

「男子は好きじゃない」ぼそっといった。

ステラは一瞬《いっしゅん》首をかしげて、ぼくの顔をじっと見た。あざやかな青い髪《かみ》のせいで、派手《はで》な雄鶏《おんどり》のように見える。「じゃあ、女の子が好き？」ふいにいった。ぼくが驚《おどろ》いたのを見て、さらにいう。「わたしにとっては、べつにたいした問題じゃないのよ、シェーン」

「ちょっと複雑《ふくざつ》で」

「複雑《ふくざつ》って、何が？」そういって、ステラは椅子《いす》を引いた。

ぼくは肩《かた》をすくめた。けど、ステラは、察するということができない人だった。答えを待って、一晩《ひとばん》じゅうでもそこにすわっていそうだ。それでぼくはいった。「だって男だから」

初めて声に出していってみると、妙《みょう》な気分だった。これまでずっと父さんと母さんのいい方に合わせて「男まさりの女の子」で通してきたけど、こうはっきりいいきってしまうと……気分がまるでちがう。道路にあるスピードを遅《おそ》くさせるでこぼこ。あれを猛《もう》スピード で通過《つうか》して胃が跳《と》びあがるような感じだった。ステラの顔をまっすぐ見られない。相手が何かいうのを息をつめて待ちながら、ひょっとして母さんにいうつもりじゃないかと思って、ふいにパニックになった。

「どうしてもっと早くいわなかったのよ」ステラはふざけて、ぼくの肩《かた》を軽く一発なぐる。「あたしがばかみたいじゃない。『ところでステラ、ぼくは男なんだ』って、そういってくれれば、どっちも気がねなく話せたのに」

ほっとしすぎて胸《むね》がいっぱいになり、何も答えることができない。足がふるえてるのがわかり、すわっててよかったと思う。「母さんにはいわないでくれるよね？」

「それはあなたが決めることよ」とステラ。「でも、心の準備《じゅんび》ができたら、いうべきね。あなたのお母さんは、話のわかる人だから」そういって、ぼくに片目《かため》をつぶってみせ、椅《い》子《す》をうしろへ押《お》して立ちあがった。「じゃあ、宿題を終えちゃって。野菜切るの手伝ってもらうからね」

で、ステラのいったとおり、母さんはかなりスムーズに受け入れた――父さんよりずっと。父さんはあれから数年たったいまでも、時期がすぎれば気も変わると、そう考えてるようだった。

アン先生のクリニックを出たあと、昼時だから何か食べていこうと母さんにいわれたけど、断《ことわ》った。食欲《しょくよく》がない。ステラの家に着くなり、まっすぐ客用の寝室《しんしつ》に入ってドアを閉《し》めた。なんとか父さんを説得すると母さんは約束してくれたけど、あまり期待はしない。たぶん十八歳《さい》になるまでブロッカーをつかい続けるんだろう。成人になって、自分のことを自分で決められるようになるまで。あと六年もこれが続くかと思うと、さけびだしたくなる。

午後の日差しが一気に差しこんできて、何もかもが明るい黄色に輝《かがや》いた。ステラの飼《か》い猫《ねこ》が窓辺《まどべ》の高い場所で眠《ねむ》ってる。ぼくはネコの頭をなでながら、窓《まど》の外に連なる家々の屋根を見やった。山の方角から濃《こ》い霧《きり》がおりてきてる。まるでホラー映画《えいが》に出てくる不吉《ふきつ》な白いガスのようにじわじわ近づいてきて、町を一ブロックずつ包んでいく。まもなくこの家もすっぽり包まれて、通りのむこうもよく見えなくなるんだろう。

いまのぼくも同じような状況《じょうきょう》だった。スマートフォンがふるえたのでポケットをさぐって取りだす。ジョシュからメッセージが二件《けん》。最初のメッセージには、「やったぜ、勝った！　四対二」と書かれてた。

興奮《こうふん》に胸《むね》が熱くなっていいはずだった——勝ったということは、二週間後に地区トーナメントに進むということなんだから。ところが実際《じっさい》には、自分が出てないのに勝ったことで腹《はら》が立ってた。次のメッセージには、「電話くれ。いや、マジすごかった」とあった。

スマートフォンをドレッサーの上に放り投げた。だれとも話す気になれない。ぼくはベッドに横になって天井《てんじょう》をにらんだ。父さんに対してこれほどまでに怒《いか》りを感じたのは初めてだった。最初は新しい婚約者《こんやくしゃ》でぼくを驚《おどろ》かし、それから、何か月も前から楽しみにしてた大事なことをぶちこわしにした。

枕《まくら》を思いっきりパンチする。息子《むすこ》なんかほしくないというなら、それはそれでかまわない。こっちだってもう父親なんかいらない。

8

月曜日、学校にいるだれもが五センチくらい背《せ》がのびたように見えた。気のせいだとはわかってたけど、ジョシュの声までがいつもより太くきこえる。登校する道すがら、どれだけすごい試合だったか、ジョシュは夢中《むちゅう》で語ってた。自分が左中間にライナーを放って、チームが二点を獲得《かくとく》したから、監督《かんとく》からMVP《エムブイピー》に選ばれたという。

「ワオ」ぼくはひたすら同じ反応《はんのう》をくりかえす。「すごい、すごい」

「何かあったのか？」とうとうジョシュにきかれた。

ぼくは目をそらしていう。「べつに……旅行でムカつくことがあっただけ」

「残念だったな。だからうちに泊《と》まれっていったのに」

「たしかに」そういって、小石を歩道から蹴《け》りだす。「そうすりゃよかった」

教室では一日じゅう、ゾンビのようだった。ここ二晩《ふたばん》ろくに寝《ね》てない。ランチの時間にロッカーから荷物を取りだしてるところへ、マデリンがやってきた。「ハイ！　サンフランシスコはどうだった？」

「まあね」マデリンもまちがいなく前より大人っぽくなってる。

「すごかったんだから」興奮《こうふん》してマデリンがいう。「ほんとうにすごい試合！　オリーブのお兄さんが打って点を入れたの」

「うん、地区トーナメントに進むことになった」

マデリンの眉間《みけん》にしわがよった。「何かあったの？」

ぼくは肩《かた》をすくめる。「試合を逃《のが》して損《そん》したなって」おもしろいのは、気分が落ちこんでるときは、マデリンと楽々話せるということ。よく思われようと気取る余裕《よゆう》もないからだ。

「わかる。シェーンが投げるところを見たかった！　ディランもうまいけど、シェーンのほうがもっとうまいって、オリーブがずっといってた」

「ほんとうに？」こんな状況《じょうきょう》でも、自分が話題になってたときいて、とたんにうれしくなった。ほかにどんなことをいってたのか気になる。

「ほんとだよ」始業のベルが鳴って廊下《ろうか》から人が消えていく。「じゃあ、またね！」マデリンは小さく手をふり、廊下《ろうか》の先へ消えた。

ロッカーを閉《し》めてふりかえると、ニコが目の前にぬっと立ってた。

「地区トーナメントに出るんだってな。オレたちもだ」

息に卵《たまご》のにおいがまじってる。「すごいじゃん」ぼくはいった。なぜニコが話しかけてきたのか、よくわからない。今シーズンは二度、ニコを三振《さんしん》で負かしてるから、ぼくに親しみを感じてるはずはなかった。

「なわけで、オレたちは優勝《ゆうしょう》トロフィー獲得《かくとく》のため、おまえら負け犬集団《しゅうだん》をやっつけないといけなくなった」そういって、ニヤニヤ薄《うす》ら笑《わら》いを浮《う》かべる。「楽勝だって、監督《かんとく》はいってるけどな」

「だろうな、そっちの監督《かんとく》はアホだから」ぼくはいいかえした。

ニコがふんと鼻を鳴らした。「そっちの監督《かんとく》より、ずっとましだぜ。おまえ、試合さぼったんだってな。おじけづいたのか？」

「まさか」ぼくはきっぱりいった。「父親に会いにサンフランシスコに行かなきゃいけなかった」

「サンフランシスコって、ダセーよな。オレのいとこがそこに住んでるけど、やってらんねーってさ」

「じゃあ、そいつらは負け犬だ」

「よく知ってるな」ニコは自分でいってひとり受けしてゲラゲラ笑う。「学校も、ここよりひでえらしい。クリエイティブ・アカデミーなんて、ばかげた名前までついてる」

「ぼくが通った学校だ。ひどくなんかない」考えもせずにいってしまい息をのんだ。とんでもないまちがいをしでかしたとすぐ気づいた。前の学校のことはだれにも話してない。そっちの学校では女子として通ってたからだ。胸《むね》のなかで心臓《しんぞう》がバクバクいいだした。

「マジかよ？　ジョシーとキャシーって知ってるか？　やつらはたしか……」眉間《みけん》にしわをよせて計算してるようす。「五年と八年だったかな？」

「いや、知らない」すかさずいって、リュックのなかをあちこちさぐるふりをする。ほんとうは知ってた。目つきの悪い、意地悪な女子ふたり。ニコと血がつながってるときいて納得《なっとく》した。

ニコが眉《まゆ》をよせる。「おかしい。小さな学校だっていってたぞ」

「そんなに小さくはない」冷静でいるのがだんだん難《むずか》しくなる。ニコは妙《みょう》な目で、ぼくの顔をじっと見てる。まるでこっちがうそをついてるのを見ぬいたかのように。

「まあいい」とうとうニコがいった。「そうだ、おまえ地区トーナメントもさぼりたいんじゃないか。いい思い出にはならないだろうからな」そういって、あとが残るくらい強くぼくの肩《かた》をパンチしてから、ゆらりと去っていった。

ぼくはリュックのファスナーを閉《し》め、教室にむかう。心臓《しんぞう》が恐《おそ》ろしいほど高速で動いてる。最初にこの学校に来たとき、そう長く秘密《ひみつ》を隠《かく》してはおけないと思ってた（ただし母さんは、「秘密《ひみつ》」ではなく、「プライバシー」だといいきる。秘密《ひみつ》というと、悪いことのようにきこえるからだろう）。すごく気に入ってたから名前も変えなかった。いずれにしろシェーンなら男の名前としても通用する。

それなのに、だれにも知られることなく二年間がすぎ、中学生となったいまでは、……もうすっかり忘《わす》れてた。きっとそれがまずかったんだろう。サンフランシスコはそう遠くはないんだから。けれど時間がたつにつれて、自分からいいださなければ、だれも気づかないと思いこむようになってた。自分がトランスジェンダーであることも、長いこと意識《いしき》しなかった。つまり、みんながぼくを男子だと思ってるので、ようやく自分も正真正銘《しょうしんしょうめい》の男になったんだと安心したのかもしれない。

そうやって築《きず》いてきた立場が、ここに来て一気にひっくりかえる。ニコがひとこと、シェーン・ウッズって知ってるかと、いとこにきくだけで。

終業のベルが鳴り、野球の準備《じゅんび》をするときになって、ようやく緊張《きんちょう》がとけた。ぼくが入ってるのは、地域《ちいき》の野球好きが集まるクラブチームだけど、学校の校庭で練習をする。それはうちのチームにとって都合がよかった。なにしろカーディナルズのメンバーの大半はマクレイン中学に通ってるんだから。

更衣室《こういしつ》の個室《こしつ》で着替《きか》えた。ありがたいことに、これまでそれを騒《さわ》がれたことはない。ほかにも数人シャイな男子がいたから、カーテンのついた個室《こしつ》をつかうのはぼくだけじゃなかった。何度か危《あぶ》ない場面も経験《けいけん》したけど、だんだんに学んできた。必ず奥《おく》の壁《かべ》をむいてすばやく着替《きか》える。ズボンを脱《ぬ》ぎ、サポーターをつけ、ユニフォームのズボンを上げるまで、いまじゃ十秒かからない。こういう特技《とくぎ》に賞がもらえないのがつくづく残念だ。

カーテンをあけると、ジョシュやコール、ほかに数人の男子がまだ着替《きか》えてた。ぼくにうなずいて、やあ、と声をかけてきた。自分のグローブ、ヘルメット、バットをつかんで小走りで校庭に出ていく。

外の空気にふれたとたん、体重が二十キロ以上軽くなったような気がした。刈《か》りたての芝《しば》と土と石灰《せっかい》のにおい。この三つの組みあわせが身体にまっすぐしみこんでくると、船や桟橋《さんばし》の上に打ちあげられて口をぱくぱくしてあえいでた魚が、海に投げこまれたときと同じような気分になる。本来のすみかにもどって楽に呼吸《こきゅう》し、自由に動きまわれる。魚にとっての海が、ぼくにとってのフィールドなんだ。

おもしろいのは、野球は好きではじめたわけじゃないということ。友だちをつくりやすいからと、母さんが申しこんだのがはじまりだった。

初日は見るも無惨《むざん》。ルールもろくに知らず、自分がまったく場違《ばちが》いなところにいるのが身にしみた。みんながみんな、好きな野球選手の話や、ひいきチームの試合運びについてしゃべってるなか、ぼくはただすわって耳をかたむけてる。ひとりだけばかみたいだった。新入りはぼく以外にジョシュひとりしかいなかった。それで監督《かんとく》はぼくたちを組ませたんだろう。外野に送りだされ、まずはキャッチボールがはじまった。

まったく勝手がわからない。生まれて初めてはめたグローブはこわばってて、思うように手が動かない。キャッチボールといいながら、ボールをキャッチするより落とすことのほうが多かった。

「ねえ、きみも新入り？」転がったボールを追いかけてるぼくに、ジョシュが声をかけてきた。ほかの男子が投げるボールは長い弧《こ》を描《えが》いて飛んでいき、空に舞《ま》いあがっていきそうに見える。

「うん」

「野球なんて大きらいだ」むっつりした顔でジョシュがいう。

「同じく」ぼくも賛成《さんせい》した。

「気が合うじゃん。あとでさ、『ライズ・オブ・エンパイアズ』をやりに、うちに来ないか？」

だれかに家に招《まね》かれたのは、これが初めてだった。心臓《しんぞう》がドキドキしてるのに、どうってことのない顔でいった。「ああ、いいよ」

「よし決まりだ」ジョシュがにっこりしていう。

監督《かんとく》は、ぼくらをどのポジションにつかせるか決めるために、いくつか練習を課してきた。そのなかに投球練習もあった。ぼくはほかの男子たちが投げるのを注意深く観察した。投球前にふりかぶるワインドアップがへんてこで、いまにもつんのめって倒《たお》れそうに見える。それでも、自分の番がまわってくると、せいいっぱいまねをしてやってみた。

思いっきり強くボールを投げると、腕《うで》が肩《かた》からはずれそうな感じがした。ボールがキャッチャーミットのなかに飛びこんで、バシッと大きな音を立てたのには、だれよりも、ぼく自身が驚《おどろ》いた。

監督《かんとく》は目をぱちくりさせ、「おい、もう一度やってみてくれ」といった。

キャッチャーがボールを投げかえしてきた。ぼくは緊張《きんちょう》して、危《あや》うく取り落とすところだった。けれどもほかのメンバーが見守るなか、何度も何度も投げてると、一回ごとに動きが自然になってくる。監督《かんとく》がとうとう、うなずいていった。「ナイスピッチング。よし、次は少し打ってみよう」

打撃《だげき》はまったくお話にならなかった。コツをつかむにはもっと時間が必要だった。けれども、監督《かんとく》にチームのピッチャーに任命《にんめい》され、ふいに自分の居場所《いばしょ》ができた。毎晩《まいばん》宿題を終えると、インターネットで野球に関する情報《じょうほう》をいろいろと調べた。更衣室《こういしつ》でチームメイトとジャイアンツの試合について語りあうようになるまで、そう時間はかからなかった。知らないうちに完全にはまってた。

ジョシュのほうもそれからすぐ、セカンドとしての頭角をあらわし、それ以来ぼくらは親友になった。「チーム・ジョシュ＝ーン」なんていう、ふたりの名前を合体させた、ばかげたチーム名まで考えだした。

それが三年前で、いまじゃ野球なしの生活なんか考えられない。今日みたいなときも練習さえしてれば、ニコといとこについて忘《わす》れてられる。

コールはうちのチームのキャッチャーだ。マウンドに到着《とうちゃく》すると、すでに待ちかまえてた。

「試合、欠席だったな」

「うん、ごめん」

コールは肩《かた》をすくめた。「気にするなって。昨日の夜のノーヒットノーラン、見たか？」

ウォーミングアップをしながら、ジャイアンツの試合について話す。ほかのメンバーは送球練習をしてる——一塁《るい》から二塁《るい》へ、三塁《るい》から外野へ、外野からショートへ。カーディナルズはリーグで一番のチームってわけじゃないけど、長いこといっしょにプレーしてるから、お互《たが》いの心が読めるような感じがある。「みんなのなかで一番にならなくていい、自分のなかで一番になれ」が監督《かんとく》の口癖《くちぐせ》だ。

それでも、地区トーナメントまで進んでこられたことで、明らかに監督《かんとく》はやる気まんまんだった。これまで教えたなかで、ここまで来られたチームはない。もし勝ったら……どんなことになるのか想像《そうぞう》もできない。

投球練習をはじめたとき、目の隅《すみ》にあざやかなピンク色がひらめいた。それに気を取られ、投げた球が大きくはずれた。

「ボール！」ご親切にコールが大声で教えてくれる。ぼくはしかめっつらをして、いまのはなんだったのかと、うしろをふりかえった。

マデリンがふたりの友だちとスタンドの最前列にすわってた。こっちにむかって懸命《けんめい》に手をふってる。自分の顔が真っ赤になるのがわかった。マデリンにうなずいてから、野球《やきゅう》帽《ぼう》の位置を直す。急に周囲の目が気になってきた。

気をそらさないように、と自分にいいきかせたけど、それ以降《いこう》の練習は、完全に上の空だった。立て続けに三回ボールになったところで、監督《かんとく》がぼくを呼《よ》びよせた。父さんと年は同じくらいだけど、監督《かんとく》のほうが背《せ》は低く、お腹《なか》が出てる。いつでも日差しがまぶしいみたいに目を細めてた。

「シェーン、どうかしたのか？」と監督《かんとく》。

「いえ、だいじょうぶです。すみません」ぼくは足をもじもじ動かした。ほかの大人にどんな口をきこうと、監督《かんとく》と話をするときは必ず敬語《けいご》をつかうべしと、初日から頭にたたきこまれてた。

監督《かんとく》は口のなかでガムをくちゃくちゃやる。「地区トーナメントが控《ひか》えているんだぞ。ほんとうに、だいじょうぶなんだな？」

「はい、だいじょうぶです」

「よろしい」監督《かんとく》はぼくの肩《かた》をたたいた。「少し打撃《だげき》の練習をしたらどうだ？　あまり肩《かた》を疲《つか》れさせたくない」

打撃《だげき》は調子よくいった。ゴロを二本、フライを一本、それに大きなヒットが一本センターへ飛び、あと少しでホームランになるところだった。マデリンが見ててくれたかどうか、首をねじって確認《かくにん》したところ、マデリンも友だちもいなかった。今日のみっともないピッチングにがっかりしたんだろうか。たしかにひどかった。なんとかして、ニコや、父さんや、そのほかあらゆる雑念《ざつねん》を払《はら》わないと、地区トーナメントでチームにめちゃくちゃ迷惑《めいわく》をかけてしまう。

更衣室《こういしつ》に歩いてもどるとき、ジョシュがかけよってきて、どんと肩《かた》をぶつけてきた。

「今日はさんざんだったな」

「ああ、まったく」ぼくもぶつけかえす。

「帰ったら、うちに来るか？」

答える間もなく、更衣室《こういしつ》の外に立ってる人影《ひとかげ》に目が吸《す》いよせられ、その場にかたまってしまった。

ジョシュがぼくの視線《しせん》を追う。「あれ、おまえの父さんじゃないか？」

あまりのショックに口がきけない。父さんがロサンゼルスに来るのは一年ぶり。ぼくに手をふってる。

「このあいだ、会ったばかりだよな」とジョシュ。

その心配げな口ぶりはぼくの気持ちをそのまんまあらわしてた。全速力でかけていき、息を切らして父さんにきく。「何があったの？　母さん、無事なの？」

「え？」父さんが眉間《みけん》にしわをよせる。「いや、母さんは無事だよ」

「じゃあ、なんでここにいるの？」

「自分の子どもに会いに来ちゃいけないのかい？」傷《きず》ついたような声。

あまりにびっくりして、自分がまだ父さんに怒《おこ》ってるのを忘《わす》れてた。

チームのみんなが通りがかりにこっちをちらちら見ていく。ほとんどのメンバーは、うちの父さんを見るのは初めてだった。

監督《かんとく》が近づいてきた。「シェーン、きみのお父さんかい？」

「はい、そうです」もごもごといった。

父さんが満面に笑《え》みを浮《う》かべた。「はじめまして、アダム・ウッズです」

「お宅《たく》の息子《むすこ》さん、じつにすばらしい腕《うで》をお持ちで、お父さんも鼻が高いでしょう」監督《かんとく》がいって、父さんと握手《あくしゅ》をする。「きっと地区トーナメントで、またお会いできますね」

監督《かんとく》が去ったあと、ぼくと父さんは気まずい感じでその場に突《つ》っ立《た》ってた。「そうか」ようやく父さんが口をひらいた。「近々大きな試合があるんだな？」

ぼくはいらっとしながらうなずいた。「地区トーナメントが二週間後に。話したはずだけど」

「あっ」父さんの両の眉《まゆ》がはねあがった。「そうだった。すごいことなんだよな」

「まあね」ぼくは足でグラウンドをこする。何しに来たんだ？　気持ちが変わったとか？　へたに期待はしたくないけど、いきなり訪《たず》ねてくるなんて、なんかヘンな感じだ。

父さんがゴホンと咳払《せきばら》いしてからいう。「もしおまえさえよければ、今夜は父さんといっしょに泊《と》まらないか？　母さんのほうには許可《きょか》をもらってある。マーモントホテルに部屋を取った。ゴキゲンな夜になるぞ」

サンフランシスコのことを思いだすと、父さんといっしょに夜をすごすと考えても、あまりワクワクしない。顔を見てるだけで、怒《いか》りがわいてくる。ぼくは肩《かた》をすくめた。「着《き》替《が》えがない」

「車で家によって、必要なものを取ってくればいい」父さんがいう。

「サマーもこっちに？」

「いや、来ていない」決まり悪そうな顔。「親子ふたり、水入らずがいいと思ったんだ」

それをきいて少し気分が上むいたけど、乗り気にはならない。

「あした学校があるって知ってるよね？　八時には登校してないと」

「間に合うように送《おく》り届《とど》けるよ。さあ、今夜は楽しくなるぞ」父さんがこっちに手をのばしてくる。その手を取らずにいると、悲しそうな顔になった。「むこうに車をとめてある。ほら、行こう」

9

一時間後、ぼくらはレストランのブースのひとつに入って、テーブルをはさんですわってた。ここに着くまで車のなかではほとんど口をきかず、ウエートレスが去って、またふたりきりになったいま、気まずい沈黙《ちんもく》のなかにいた。「ハンバーガー、どうだ？」ぼくはまた一本フライドポテトをつまんで皿のケチャップにひたす。「うまい」
「そうか。母さんから、ここはおまえのお気に入りの店だってきいたんだ」そういって、ソーダをひとくち飲む。

ぼくは無言。ここは「カウンター」という名の店で、とびっきりうまいハンバーガー、シェイク、サツマイモのフライドポテトが食べられる。けれど今夜はのどがつまってるみたいに、食べ物がなかなかお腹《なか》に入っていかない。ここに来た理由を父さんが話すのをずっと待ってるのに、これまでのところ、学校や野球についてあれこれきいてくるばかりだった。まるで問題がないふりをしていれば、何もかもふつうにもどるとでも思ってるみたいだった。今回ばかりは、そうはいかない。ぼくは皿を押《お》しやって、テーブルをじっとにらんだ。

父さんがため息をついた。「わかったよ。まだ父さんに怒《おこ》ってるんだな」ぼくが答えないでいると、さらに続けた。「きいてくれ、シェーン。子どもが理解《りかい》するのは難《むずか》しいかもしれない。だが、このホルモン療法《りょうほう》というのはおおごとなんだ」

「こんなところで大声でいわないで」ぼくはぴしゃりといって、レストランをぎっしり埋《う》める客たちに目を走らせる。だれもがこっちの話に聞き耳を立ててるような気がする。

「それに、おおごとだっていうのは、ぼくだってわかってる。何年も前からずっと考えてたんだから」

父さんは声を落とし、顔を近づけていう。「そうだな、しかし……これは一度やったら、もうもとにはもどせない。多くをあきらめることになるんだ。十二歳《さい》のおまえにはまだぴんと来ないかもしれないが、もっと大きくなれば、その重大さがわかってくる。信じてもらっていい」

胸《むね》のうちで怒《いか》りが煮《に》えたぎってる。それでも声を落として続けた。「じゃあ、父さんは、ぼくに女の子になってほしいの？　胸《むね》が大きくなって……生理が来て？」いって父さんの顔をまっすぐ見る。相手はあっけに取られてる。「冗談《じょうだん》じゃない」ぼくはいった。

「だがシェーン」父さんがテーブルにかぶさるように身をのりだし、ぼくの目を一心にのぞきこむ。「おまえは女の子なんだ。そう自覚して毎日すごしてたら、ひょっとして……」

ぼくはテーブルをバンッとたたいて立ちあがった。「帰る」

「シェーン、頼《たの》む」悲痛《ひつう》な声でいう。「父さんはこの問題をちゃんと理解《りかい》したいんだ」

「ちがう」ぼくはいいかえした。「ほんとうのぼくなんかどうでもよくて、ただ、自分の思いどおりにしたいだけなんだ」

かっとなってレストランを飛びだした。駐車場《ちゅうしゃじょう》も素通《すどお》りして、そのままずっと通りを歩いていきたかった。でも家は何キロも先で、暗いなか、ひとりで歩いて帰ってきたと知ったら、母さんが心配する。母さんに電話して迎《むか》えに来てもらう手もあったけど、結局父さんと待つことになる。しかたなくレンタカーのそばに立って、父さんが代金を払《はら》ってるあいだ、ずっと地面をにらんでた。

ようやく父さんが出てきて車のドアのロックを解除《かいじょ》すると、すかさず乗りこんでシートベルトを締《し》めた。そのあいだずっと押《お》し黙《だま》ってる。父さんはすぐには車を発進させない。フロントガラスの外をただじっと見てる。「家まで送って」きっぱりといった。

「わかった。ただ……頼《たの》むからあとちょっと待ってくれ」ハンドルをにぎる手の関節が白くなってる。「馬の妖精《ようせい》のこと、覚えてるか？」

「は？」わけがわからない。

「馬の妖精《ようせい》」そういってためらいがちに笑《え》みを浮《う》かべる。「たぶんおまえは三歳《さい》くらいで、ハロウィーン用の衣装《いしょう》にと、買ってやった。そうしたら、それから何か月も、どこへ行くにもそれを着ていくといってきかない。スーパーマーケットでだれかに『まあ、なんてかわいいの。お馬さんかしら』といわれて、『馬の妖精《ようせい》だもん！』とおまえが大声でいいかえした」

なんのことをいってるのかはわかる。母さんがその衣装《いしょう》をつけたぼくの写真を見せてくれたから。「何がいいたいの？」

「おまえはお話もたくさんつくったんだぞ。毎朝父さんたちを起こしにやってきて、それから十分ほど、馬の妖精《ようせい》が前の晩《ばん》にどんな冒険《ぼうけん》をしたか、夢中《むちゅう》になって語るんだ。木にのぼってしまった子猫《こねこ》たちを救出したり、ドラゴンと戦ったり……ほんとうにびっくりするような話をおまえは考えだした」そこでにっこり笑う。「覚えているかい？」

「知らない」ぼくはいって、さっさと車を出せよと心のなかで念じる。

父さんがまたため息をついた。「自分勝手にきこえるのはじゅうぶん承知《しょうち》だが、父さんがいいたいのは、おまえはずっと、父さんのかわいい女の子だったということなんだ」

「だけど――」

「わかってる」片手《かたて》をあげて、ぼくの話をさえぎる。「おまえは女の子女の子した子じゃなかった。父さんも母さんもそれはすぐにわかった。馬の衣装《いしょう》を好んだのは、スカートやワンピースを着たくないからだと、父さんは思った。実際《じっさい》、おまえが何を着ようが、ぜんぜんかまわなかった。それでもどこかで、自分のかわいい女の子を失ってしまったような気持ちがするんだろう。あのクリニックですわっていたとき、父さんたちはその子と永遠《えいえん》のお別れをすることになるんだって、そればかり考えていた」

ぼくは両手をじっと見ながら、たまらない気分になってた。望むような子どもじゃないせいで、父さんを失望させた。そんなふうにぼくに思わせる父さんに怒《いか》りがわいてくる。父さんが覚えてるかわいい女の子は、実際《じっさい》にはどこにも存在《そんざい》していなかったんだと、何度説明しても、わかってはもらえなかった。「つまり、父さんはぼくが女の子だったらよかったと思ってて、無理矢理《むりやり》女の子にならせようってわけだよね」

「ぜんぜんちがう」父さんは鼻の頭をこする。「父さんのせいで、今夜は台無しってわけか？」

「まあ、そんなところ」ぼそっといった。

「だけど、シェーン、父さんだってがんばってるんだ」

ぼくは父さんをにらみつけた。「あしたの朝起きて、眠《ねむ》ってるあいだに、だれかに身体母と娘《むすめ》で中身が入《い》れ替《か》わってしまった話だよな」

「映画《えいが》の『フリーキー・フライデー』みたいに？　母と娘で中身が入れ替わってしまった話だよな」父さんは混乱《こんらん》してる顔だ。

「そう。母親なのに、とつぜん自分の身体が少女になってる。だからって、自動的に少女の気分になれる？　頭は同じなんだよ。変わってるのは身体だけなんだ」

父さんは居心地《いごこち》が悪そうだった。「どうしていいか、とまどうかもな。つまり、初めての経験《けいけん》だから——」

「そうなんだよ！」とうとう爆発《ばくはつ》した。「こっちは途中《とちゅう》で入《い》れ替《か》わるどころか、最初からちがうんだ。どうすりゃいいんだよ」

父さんはすわったまま長いことじっとしてた。レストランから出てくる人たちは、みなおしゃべりをして笑いあってる。車のなかの沈黙《ちんもく》が重苦しく感じられる。やがて父さんがいった。「そんなふうに考えたことはこれまで一度もなかった」

「じゃあ、いま考えてよ。ぼくは自分じゃないだれかになろうとしてるわけじゃない。ずっと昔からこうだった」

「あと少し待ったら——」

「なんにも変わらない」ぼくはうんざりしていった。「自分の意志《いし》で治療《ちりょう》できる年齢《ねんれい》になったら、すぐ自分でやる。だから、もう車を出して」

父さんはまだ車を発進させない。やっぱりおりて歩いて帰ったほうがいいかもしれない。もう五分、こうして父さんといっしょにすわってるより、母さんに怒《おこ》られるほうがましだ。

「わかった」父さんがため息をついた。

「わかったって、何が？」

父さんが弱々しい笑《え》みを浮《う》かべた。「もしおまえがじゅうぶんに理解《りかい》しているなら、何をあきらめることになるかわかっているなら……おまえの身体だ。おまえの人生だ。父さんはただ、おまえが最終的に後悔《こうかい》するんじゃないかと、それを心配してただけなんだ」

ぼくの息がとまった。「本気でいってるの？」

「おまえがいったとおり、どうせいつかはやるんだろう。だったらいま賛成《さんせい》したほうが、少なくとも恨《うら》まれずにすむ」

顔が悲しそうだったけど、そんなのほっといて――父さんにいきなり抱《だ》きついた。「大好きだよ」

「父さんもだ、シェーン」涙《なみだ》ぐむような声でいった。「愛《いと》しくてたまらない」

ごめん
みんな
ぼくの
せいだ
#ち%&.
おいおい
悪態《あくたい》をつ
かないで
くれって
今度は
なんだ？
早く来い、
わたしが助
けてやるが、
時間があま
りない
ほーら、
ウィロビー
ぼくのいっ
たとおり、
なんとか
なっただろ！
#&ち*%?!
彼《かれ》は
信用で
きると
思う
そら、
行くぞ！

10

次の日、ぼくは学校でかなりぼーっとしてた。前の晩《ばん》父さんと遅《おそ》くまで、ジャンクフードを食べながらエイリアンのロボットが出てくる映画《えいが》を見てたから。でも気分は百万倍もよくなってた。昨日の夜、母さんが電話で、アン先生にテストステロンのことを話すと約束してくれた。やると決めてしまえば、たぶん一日かそこらで用意ができるといってた。

それからずっと、そのことばかり考えてる。アン先生がいうには、変化が目に見えてあらわれるまで時間がかかるそうだ。自然に起こる第二次性徴《だいにじせいちょう》と同じで、みなそれぞれペースは異《こと》なるらしい。でも少なくとも、胸毛《むなげ》はすぐ生えてくるんじゃないかと、ちょっと期待してる。父さんみたいに。

父さんといえば、今度ぼくがそっちへ行ったら、サマーと三人で出かけようと約束してくれた。ジャイアンツの試合なんかどうだろうといってきた。そして、どれだけサマーがすてきな人で、どれだけサマーがぼくを気に入ってるか、父さんはひたすら話してた。でも、たいして言葉をかわしてないのに、サマーがぼくをすごく気に入ってるなんておかしい。そんなにがんばってぼくの機嫌《きげん》を取らなくてもいいよと、いってあげたかったけど、あの場の雰囲気《ふんいき》がすごくよかったから、こわしたくなくて、いわないでおいた。

あんまり気分がいいんで、一時間目の授業《じゅぎょう》が終わってマデリンがロッカーをあけてるのを見たとたん、驚《おどろ》くほどの勇気が出たのか、それとも驚《おどろ》くほどマヌケな考えを起こしたのか、ぼくは大胆《だいたん》にもマデリンに近づいていって声をかけた。「やあ!」

「シェーン!」マデリンがふりかえって、ぼくに笑顔をむけ、その拍子《ひょうし》に腕《うで》にかかえてた本の山がくずれそうになる。ぼくは手をのばして位置を直してやった。「ありがとう」とマデリン。

「昨日、練習見に来てたよね」ぼくはいって、マデリンのとなりのロッカーによりかかる。

「うん、オリーブたちといっしょに」いってマデリンが目を大きく見ひらく。「驚《おどろ》いた、あんなに速い球を投げるなんて! あれってすごいことだよね?」

ぼくは顔が熱くなった。「まあね。次の試合も来る?」

「地区トーナメントのこと? もちろん行く」

「そっか」うんうんとうなずき、舞《ま》いあがってるのを気づかれないようにする。「そうだ、いっしょに映画《えいが》かなんか、どうかな」

「え？」何かこっちがとんでもないことを口にしたように、ぼくの顔をまじまじと見る。

「いや……」自分の顔が真っ赤になってるのがわかる。「ほら『ワイルド・スピード』の新作が、きっとおもしろいんじゃないかと思って」

「あのカーアクションの？」マデリンが眉間《みけん》にしわをよせる。

「いや、べつになんでもいいんだ」すかさずいった。こういうとき、みんなどうしてるんだろう？　テレビなんかだと、男が女をデートに誘《さそ》うとき、何かうまいことをいい、いわれたほうは必ずイエスと答える。マデリンはぼくと同じように居心地《いごこち》が悪そうだ。何か返す言葉をさがしてるんだろう。「あ、無理だよね。気にしないでいいよ」

歩み去ろうとしたところで、マデリンがうしろから声をかけてきた。「シェーン、待って！」

近づいてきて、声を落としていう。「あのね、まったくいやになるんだけど、うちの両親って、わたしが男の子とふたりで出かけるのはまだ早いって思ってるの」

「ああ、なるほど」ほっとして全身の緊張《きんちょう》がとける。

「だけどまったくだめってわけじゃなくて……つまり、うちに勉強しに来ない？　それならたぶんだいじょうぶだと思う」

「ふーん」胸《むね》のなかで心臓《しんぞう》が、あわてふためいたコウモリみたいにはげしく羽ばたいてる。

ぜったいマデリンにもきこえてる。「いいんじゃない」

「じゃあ、今日きいてみる。それでいい？」マデリンがにっこり笑う。

「もちろん」

「よかった。じゃあ、またあとでね」小さく手をふってから歩み去る。その背中《せなか》を見つめながら、ぼくはいっとき重力から解放《かいほう》されたように、床《ゆか》から五センチほど浮《う》きあがってた。

「おい、どうした？」ジョシュがうしろから近づいてきていった。

「え？　べつにどうもしない」そういって、リュックを背負《せお》いなおす。

「ヘンだ」いぶかしげにいう。「ばかみたいにニヤニヤして」

「そんなことない」わざと怖《こわ》い顔をしていった。

「まあいいけど。おまえに警告《けいこく》だ。スペイン語、ぬき打ちテストがあるぞ」

いきなり気分が落ちこんだ。「うそだろう？」

「ほんとうだ。ディランがいってた。一時間目の授業《じゅぎょう》でコルデロ先生がぬき打ちテストやったって。オレたちも同じだ」

「ついてないなあ」ぶすっといった。昨日の夜はまったく勉強しなかった。父さんとぼくは忙《いそが》しかった。

「まったくだ」ジョシュはぼくと足並《あしな》みをそろえて廊下《ろうか》を歩いていく。「練習のあと、うちに来るか？」

「いや、だめなんだ」

ジョシュが足をとめ、傷《きず》ついたような顔をした。「なんでだよ？　『アノマリー』の新しいやつ買ったんだぜ」

「ごめん。母さんと用事があって」ほんとうはアン先生がなんといったか、一刻《いっこく》も早く知りたいだけだった。いまはそれ以外のことに気をむけられない。

「わかったよ、ヘンなやつだな」そういってあきれた顔をした。「あしたは？」

迷《まよ》った。もしマデリンが両親にぼくを家に呼《よ》ぶ許可《きょか》をもらったら？　「たぶん」

ジョシュはわけがわからないというように、ぼくの顔をまじまじと見る。「オレたちチームだよな？」

「ああ」いつものように、こぶしを宙《ちゅう》につきあげてみせる。

けれどもジョシュは返してこなかった。いらついた声で、「勝手にしろ」といって、歩み去る。

「ジョシュ、待てよ」でもジョシュは立ちどまらなかった。階段《かいだん》の吹《ふ》きぬけに通じる両びらきのドアを押《お》して、ふりかえりもせずにそのまま行ってしまった。

マデリンがまた練習を見にあらわれた。スタンドからずっとぼくに手をふり続け、しまいにいっしょにいる子たちにくすくす笑われてる。ぼくは一度だけふりかえり、そのあとはマデリンのほうを見ないようにした。でもこれが難《むずか》しい。昨日よりはましにプレーできたけど、まだほめられたもんじゃない。

ジョシュはずっと、ぼくとマデリンを交互《こうご》に見てた。何かいやなにおいをかぎつけて、不愉快《ふゆかい》だというような表情《ひょうじょう》で。練習が終わったあと更衣室《こういしつ》でいっしょになっても、ほとんど話しかけてこなかった。なぜこんなに機嫌《きげん》が悪いのか、よくわからない。いったい何を怒《おこ》ってるのか、きこうとしたら、ふり払《はら》われてしまった。どうせ時間がたてばけろっとしてるんだろうから、気にしないでおこうと思うけど、これまでケンカなんてしたことがなかったから、やっぱりつらい。

練習後、母さんが車で迎《むか》えに来た。ぼくは飛ぶような勢《いきお》いで走っていき、ドアも閉《し》めないうちに「先生、なんていってた？」と息をはずませてきいた。

母さんが笑いだした。「なんなの、あいさつもなしに」

「やあ、母さん、お迎《むか》えありがとう、愛してるよ。で、アン先生なんていってた？」

母さんが手をのばしてきて、野球帽《やきゅうぼう》のつばをぐいとひっぱった。「練習はどうだったの？」

ぼくはうなった。にっこり笑ってるんだから、いい知らせを持ってるんだろう。こうやってじらして人を苦しめるのは母さんの得意技《とくいわざ》だ。「順調。で、先生なんていってた？」

「そうしつこくきかれても、早く教えようって気にはならないわね」得意げにいう。こっちがちぇっと舌打《したう》ちすると、母さんは本道に車を出した。

「お父さんはどうだった？」母さんがきく。

「順調」

「で、マーモントホテルは？」

「順調」

「おやおや、いつものあれがはじまった」母さんがしたり顔でいう。「数学の授業《じゅぎょう》は？」

ぼくは顔をしかめた。大きらいな科目だってことは母さんも知ってるはずだった。奥歯《おくば》をかみしめながらいってやる。「順調」

母さんがまたゲラゲラ笑った。「ところで、あの女の子はだれ？」

「女の子？」

「あなたに手をふってた、赤毛のかわいい女の子」

「マデリン」ぼそっといった。

「あら、すてきな名前」母さんがいう。「それで、マデリンはどういう子？」

ぼくは小さくなってシートに身をうずめた。「さあ。いい子だよ」

母さんの声が真剣《しんけん》になる。「その子のことが好きなの？」

「好き？」

「いいたいことはわかってるはずよ。最近じゃあ、『熱を上げる』なんていい方はしないのかしら？」

ぼくは片手《かたて》で顔をおおった。「恥《は》ずかしいから、やめてよ」

「あら、何いってるの」母さんが手をのばしてきて、ぼくの肩《かた》をぎゅっとつかんだ。「あなたはまだティーンエイジャーじゃないのよ。少なくとも親に話くらいはしてもらわないと」

「だからいったじゃん。いい子だって」

「なるほど」母さんが片方《かたほう》の眉《まゆ》をぴくりと動かし、続けた。「それはよかった」

すると、右じゃなく、左の道に入った。

「もしもーし。道、まちがえてるよ」

「え、うそでしょ？」母さんが無邪気《むじゃき》な顔をつくり、目を大きく見ひらく。「ほんとうにまちがえた？」

「母さん、しっかりしてよ。家に帰って宿題しなきゃなんないんだからさあ」

そのまま左の道を走ってドラッグストアの駐車場《ちゅうしゃじょう》に車を入れた。「ちょっとくらいより道しても、あなたは気にしないんじゃないかと思って」

そこには、いつも処方箋《しょほうせん》を持っていく薬局もあることにふいに気づいた。「ちょっと、いったい――」

母さんがにやっと笑った。「あなたの処方薬《しょほうやく》がもう用意できてるはずなの。お昼にアン先生が電話をくださってね」

ぼくは母さんにわっと抱《だ》きついた。「すごい、母さん、ありがとう！　ほんとうにありがとう……」

母さんもぎゅっと抱《だ》きかえしてきた。しばらくして離《はな》れると、涙《なみだ》ぐんでるようだった。

「自分でもわかってる。わたしって、世界一の母親よね。そうでしょ？　さあ、薬を取りに行きましょう」

11

「楽勝だったな」ジョシュが得意になっていう。

ぼくはうなってリセットボタンを押《お》した。「ずるいよ。そっちはこのレベル、もうやってるじゃないか」

「何いってんだよ。昨日来れば、おまえだってできたのに」ジョシュがいって肩《かた》をすくめた。ジョシュの家のリビングでテレビの前にふたりですわり、『アノマリー』がリセットされて最初の画面があらわれるのを待ってる。「母さんの用事はどうだったんだ?」

「ああ、問題ない」いいながら、ちょっと気がとがめてる。自分のかかえる大きな問題をジョシュにずっと秘密《ひみつ》にしてるのは、ほんとうに心苦しい。いってしまおうと思ったことが何度もあるけど、いつもおじけづいてしまう。たとえジョシュが、ぜんぜんオッケーと口じゃいってくれたとしても、それ以降《いこう》、つきあい方が変わってしまったら、と思うと怖《こわ》かった。サンフランシスコでは実際《じっさい》に、ちがう感じになってしまった友だちもいた。また同じことになったら、それこそ耐《た》えられない。

「おい」ジョシュがいってポテトチップを一枚《まい》投げてくる。「どした？」

「べつに」ポテトチップを投げかえす。

「最近、おかしいぞ」ゲームが再《さい》スタートし、それぞれ自分の戦車をタワーにむかって移《い》動《どう》させていく。「マデリンのせいか？」

「はあ？」いきなりのことに驚《おどろ》く。

「もういいじゃん」ジョシュがあきれた顔をする。「いさぎよく認《みと》めろ——マデリンが好きなんだろ。おい、気をつけろ、奇襲《きしゅう》だ！」

ぼくの戦車隊が爆破《ばくは》されて木っ端《こぱ》みじんになった。「なんだよ。このまえのバージョンより難《むずか》しいじゃん」

「ああ、けどおもしろくなった」ジョシュはボタンを押《お》して、もう一度最初の場面にもどす。「で、どうなんだ？」

「どうって？」ぼくはきいた。

「マデリンが好きなんだろ？」

ぼくは肩《かた》をすくめた。「ああ、好きだよ」

「ライクじゃなくてラブなの？」女子みたいに高い声でいう。

ぼくは眉《まゆ》をよせ、もごもごという。「さあね。ただマデリンのこと悪くないって思ってるのはたしか」

「ふーん、いいんじゃないの」ジョシュがまたゲームの画面に目をもどし、ぼくの顔を見ないでいう。

「なんだよ？」

「べつに」傷《きず》ついてるのが声にはっきり出てる。「おまえはそういうことを話したくないんだろ」

なんといえばいいのか、言葉につまった。ふたりのあいだで、こんなに話しにくい話題はこれまでなかった。「べつに話したくないわけじゃない。ただ……なんかヘンな感じ？わかるだろ？」

ジョシュの肩《かた》から少し力がぬけたように見える。「ああ」一拍置《いっぱく》いていう。「おまえはヘンなやつだ」

ぼくは鼻を鳴らした。「ジョシュほどじゃない」

「何いってんだよ、おまえのほうがずっとヘンだ」そこでジョシュは、何やら意味ありげに、ぼくの顔を横目でちらっと見る。「なあ、そういう話、おまえは母さんからされたことあるか？」

ぼくはあきれて目をぐるりとまわした。「あのさ、うちの母親は助産師《じょさんし》だよ。ぼくがおむつをしてるときから、ずっとそんな話ばっかだよ」

ジョシュが声をあげて笑い、それから先を続けた。「いつだったかの晩《ばん》、父ちゃんがオレの部屋にやってきたんだ。何か思いっきり悪い知らせでもあるのかと思った。離婚《りこん》することになったとか。だってバリバリに緊張《きんちょう》してるみたいだったから。ところが、いきなりこうきかれた。おまえ、好きな女の子はいるのかって」

「マジで？」

「ああ。で、いないっていったら、じゃあ男の子が好きなのかって」

笑おうとして、思いとどまった。「そうなの？」

ジョシュがびっくりした顔でぼくの顔を見る。「ちがう」

「いや、それはそれでクールかも、と思ったから」

ジョシュがうなった。「驚《おどろ》いた。父ちゃんもそれとまったく同じことをいったんだ。けど、いいかえした。オレは女の子が好きだ。ただ、この子が好きってのがないだけだって。自分はゲイじゃないっていったんだ。実際《じっさい》そうだったら、おまえにいうさ」

心臓《しんぞう》がバクバクいってる。ほんとうのことを話すのなら、いま以上に絶好《ぜっこう》のタイミングはない。

だけど、もし話して、ジョシュが思いっきり動揺《どうよう》したらどうしたらいい。どんどん胸《むね》が苦しくなってきて、胃がねじれてきた。何を、どうやって伝えればいいのか。

テレビ画面で、ぼくの戦車がまた粉々に爆破《ばくは》された。

「うわ！　弱っちい！」ジョシュがゲラゲラ笑ってぼくの肩《かた》をパンチする。

緊迫《きんぱく》の瞬間《しゅんかん》が去った。ほっとして、ごくりとつばを飲んでからいう。「マデリンがガールフレンドになってくれたらなって思ってさ」

「やっぱり、そうだ！」大声をはりあげていきなり立ちあがったので、ポテトチップの袋《ふくろ》が倒《たお》れた。「それにむこうもおまえが好き、だろ？」

「わからない」ぼくは正直にいった。「ただマデリンの家に勉強しに行くことになるかも」

「ああ、それでうちに来るのをしぶってたわけか」ジョシュが察知していう。それからしばらくだまってたけど、やがてこういった。「で、具体的にはどうしたい？」

「は？」

「つまり、ガールフレンドと何がしたいのか。手をつなぐとか、なんとか？」まるで答えを知ってるかのように、ジョシュが恥《は》ずかしそうにいう。

「どうだろ。まあそんな感じかな」

ジョシュが身をよせてきた。「あのさ、ニコのガールフレンドはニコに〝一塁《るい》〟まで行かせたってさ」

「ほんとに？」その子についてはいろんなうわさが飛びかってた。それだから、いつも悲しそうな顔をしてるのかもしれない。ためらいながら、思いきってきいてみる。「〝一塁《るい》〟って、実際《じっさい》なんなのかな？」

ジョシュは一瞬《いっしゅん》ぼくの顔をじっと見て、それから吹《ふ》きだした。「知らないよ！　おまえが知ってると思ってたのに」

「なんで？　マデリンを好きだから？」ぼくも笑った。「じゃなくて、おまえがお父さんにきけばいいんだよ」

それにはジョシュが大笑いし、床《ゆか》を転げまわった。どっちも笑いすぎて息をするのも苦しい。はあはあ息をはずませながら、やがてジョシュがいった。「オレたち、とんだ野球選手だよな。〝一塁《るい》〟の意味さえ知らないんだから！」

それでまたふたりして笑いころげた。ジョシュのお母さんが部屋の入り口にあらわれる。

「何がそんなにおもしろいの？」

「野球！」ジョシュが大声でいった。

それからまた笑いころげた。

ジョシュのお母さんが、ぼくらの散らかした床《ゆか》に目をやった。ポテトチップひと袋分《ふくろぶん》がこぼれて、カーペットの上でつぶれてる。「ジョシュ！　掃除《そうじ》しなさいよ！」

「わかったよ」とジョシュ。

「すみません、ミセス・ツェイ」ぼくはあやまった。

それからふたりで四《よ》つん這《ば》いになり、ポテトチップの大きなかけらを手ですくって袋《ふくろ》にもどす。そうしながら、目が合うたびに、また吹《ふ》きだして笑った。

ジョシュがカーペットに掃除機《そうじき》をかけてるあいだ、ぼくはスマートフォンを確認《かくにん》した。

「まずい。そろそろ帰らないと」

「ああ、そろそろ夕飯だ」ジョシュがいった。「今夜はもうポテトチップはいらない！」

ふたりして鼻を鳴らした。それから急にジョシュがまじめな顔になった。「さっさと話してくれればよかったのに」

ぼくはリュックを背負《せお》った。「なんかヘンな感じがして、いえなかった」

「ヘンなんかじゃない」ジョシュが立ちあがり、ぼくの肩《かた》をぽんとたたいた。それからスペイン語のコルデロ先生のまねをしていう。「わたしの小さな男子生徒、大人の男になっていきます」

ぼくはジョシュの手を払《はら》いのけ、ジョシュはぼくの頭の横をパシッとはたいた。

「じゃあ、またあしたな」玄関口《げんかんぐち》でジョシュにいう。

「ああ。またな」

翌朝《よくあさ》、鏡の前に立ち、両腕《りょううで》を持ちあげて上腕二頭筋《じょうわんにとうきん》を曲げのばししてみる。鏡に顔を近づけて、口ひげがもう生えてきてないか確認《かくにん》する。

何も変化がないのは、ちょっとがっかりだった。ドラッグストアから帰るなり、母さんにすぐ注射《ちゅうしゃ》をしてもらった。針《はり》を刺《さ》されるのは好きじゃないけど、この注射針《ちゅうしゃばり》は細くて、あまり痛《いた》みを感じない。そもそも胸毛《むなげ》が生えてくるためなら、どんなことでも我慢《がまん》できる。

アン先生がスカイプでテストステロンの作用について説明してくれた。それによると、変化があらわれるには時間がかかるらしい。じゃあ摂取量《せっしゅりょう》を二倍にすれば、もっとスピードアップしますかと、冗談《じょうだん》まじりにいってみた。すると先生は笑ったけど、すぐ真剣《しんけん》な顔になって、そんなことをしたら、大変なことになるといった。「決められた量を厳守《げんしゅ》するのよ、シェーン。安心してちょうだい、時期が来れば必ず変化はあらわれるから」

先生がそういうのはかんたんだ。だって、もう中学生じゃないんだから。

でも、目に見えなくても身体は確実《かくじつ》に変化をしてるときいて安心した。シャツを着て、一段飛《だんと》ばしで階段《かいだん》をおりていく。キッチンには母さんがいて、両手で頭をかかえてた。ぼくを見ると、弱々しい笑《え》みを浮《う》かべた。「気分はどう、シェーン?」

「いいよ、母さん。いつもと同じ」

「よかった」

「昨日の夜は大変だったの？」ぼくはきいた。夕食のあとすぐ、出産がはじまる妊婦《にんぷ》さんに呼《よ》びだされてかけつけてた。

「初産《ういざん》なのよ」ため息をついていい、コーヒーをひとくち飲んだ。「まだ生まれない。これからまたすぐもどらなきゃいけないの。遅《おそ》くなりそうだったら、メールするわ」

「わかった」ぼくは身をのりだしてキスをした。「無事生まれますように」

母さんは小さく手をふってぼくを送りだした。

ジョシュの家によったけど、ジョシュはすでにいなかった。それで問題はない。ぼくが五分以上遅《おく》れたら、待たないで先に行くと決めてあった。だいたい今日は大遅刻《だいちこく》だ。小走りになり、横断歩道《おうだんほどう》まで来たところで始業のベルがきこえてきて、猛《もう》ダッシュした。

一時間目はなんだかヘンな感じだった。みんながこっちをじろじろ見てるのはまちがいないのに、ふりかえると、みんな黒板に集中してる。まあ、気のせいだろう。テストステロンを摂取《せっしゅ》した影響《えいきょう》で、神経質《しんけいしつ》になることもあるとアン先生がいってた。

授業《じゅぎょう》が終わると、廊下《ろうか》の人ごみのなかにマデリンの赤毛が見えた。思わず笑顔になって、集団《しゅうだん》を押《お》し分《わ》けていく。

「やあ」そばまで行って声をかけた。

マデリンが笑《え》みを返してきた。「ハイ。両親に話したの。来てくれてだいじょうぶだけど、勉強はリビングでやることになったよ。まずちゃんと紹介《しょうかい》して、だって」

「それはよかった」そうはいったものの、急に恐《おそ》ろしくなった。もしマデリンの両親がぼくを気に入らなかったら？

「あしたの夜、いっしょに夕食を食べられるかどうか、ママがきいてらっしゃいって」

「ああ、だいじょうぶ」ぼくはいった。あしたは金曜日で、夜はいつもピザを取って、母さんと映画《えいが》を見ながら食べることになってたけど、母さんならわかってくれるだろう。

「時間は？」

「六時くらいかな？」

「楽しみだ」どうってことはない感じを装《よそお》う。

「じゃあ、よろしくね」

そこで微笑《ほほえ》みをかわした。身をよせてほっぺたにキスか何かするべきだろうか？　それとも肩《かた》をぎゅっとつかむとか？　家に呼《よ》ばれたんだから、これで正式にボーイフレンドになったってことか？

ああ、難《むずか》しい。

数人がぼくらをじろじろ見てるのにまた気がついた。視線《しせん》が合うと、むこうは目をそらして早足で歩み去った。薬のせいだと、ぼくは自分にいいきかせる。べつにぼくたちを見てたわけじゃない。

ふりかえると、マデリンが眉《まゆ》をよせてた。

「何、どうしたの？」

「あ、ただ……おかしなうわさが広まってて」マデリンがいいにくそうにいった。

ぼくはその場に凍《こお》りついた。「どんなうわさ？」

「くだらないの。あのニコがばかみたいに広めて」苦々しげにいった。「いとこがおかしなことをいってるって、みんなにしゃべりまくってる。無視《むし》してれば、そのうちみんな忘《わす》れるよ。わたしこれから代数学の準備《じゅんび》コースの授業《じゅぎょう》があるの。遅《おく》れないうちに行かなくちゃ。じゃあね！」

マデリンのうしろ姿《すがた》を呆然《ぼうぜん》と見つめる。ベルが鳴った。ぼくを追いこしていくみんなの声がやけに大きく響《ひび》く。廊下《ろうか》ががらっぽになるまで待ってから、がくがくする足でトイレへむかった。

助かった。なかにはだれもいない。個室《こしつ》に入ってドアを閉《し》め、鍵《かぎ》をかけてから便座《べんざ》に腰《こし》をおろし、頭をかかえる。吐《は》きそうだ。ニコがうわさをまき散らしてる。ぼくが前に通ってた学校に、ニコのいとこがまだ通ってる。ジョシュは今朝、ぼくを待たずに登校した。みんなこっちをじろじろ見てひそひそ話をしてた。

無視《むし》してれば、そのうち忘《わす》れるとマデリンがいってた。けど、そうはいかないことも心のどこかでわかってた。こういうことになるんじゃないかと、何年も前から恐《おそ》れてた。そしていま、考えつくかぎり最悪のタイミングで秘密《ひみつ》が明かされた。

はげしいめまいがする。トイレの個室《こしつ》が前後に長くのびて、壁《かべ》が両脇《りょうわき》から迫《せま》ってくる。『スター・ウォーズ』に出てくるゴミ圧縮機《あっしゅくき》のなかにいるみたいだ。息ができない。酸素《さんそ》を吸《す》おうとがんばっても、胸《むね》がふるえるだけで何も肺《はい》に入ってこない。

同じ声が頭のなかでくりかえし反響《はんきょう》する――みんな知ってる。

急げ！自分の宇宙船《うちゅうせん》に乗りこむんだ！
だけど、まだ地球を救う手立てを教えてもらってない！
時間がないんだ！まずは自分の身だ！でなければおまえの星だって救えない
あきらめるわけにはいかないあと少しなのに！
待て！
つかまった！
下等な人間よ、逃《に》げるのはあきらめるんだな！

12

三年生のとき、音楽の授業《じゅぎょう》で男女別にグループ分けをされた。次の集会で歌う合唱曲で、男女それぞれにちがうパートを歌うためだ。

どうしてそんなことをしたのか、自分でもよくわからないんだけど、心臓《しんぞう》をバクバクさせながら、ぼくは男子の並《なら》ぶ壇《だん》に上がった。キャシー先生が「シェーン、そっちじゃないわよ」という。

「こっちでいいんだ」いいながら、自分の声がひっくりかえってるのがわかった。

どこからか笑い声があがった。ウケねらいでやってると思ったんだろう。

キャシー先生は首をかしげ、きょとんとしてる。「シェーン、ふざけないでちょうだい」

「ふざけてない」

そういったとたん、教室内がしんと静まった。みんなが目を見はり、いったいどうなるのかと次の展開《てんかい》を待ってる。キャシー先生はどうしたらいいのか、わからないようだった。

ただこまったように、ぼくの顔を見てる。しばらくして、先生はゴホンと咳払《せきばら》いをした。

「まあいいでしょう。じゃあ、みんな最初から。シェーン、授業《じゅぎょう》が終わったあとで話しましょう」

ぼくはキャシー先生が好きだった。いつも巻《ま》きスカートをはいてスカーフをつけ、スパイスみたいな香《かお》りがした。ほかの先生たちより若《わか》くて、それもあってよけいに親しみがわいた。

「さてシェーン、何かあったのかしら？」みんなが教室からぞろぞろ出ていったあとで、先生がぼくにいった。

「いいえ」ぼくは床《ゆか》をにらみ、早くも自分のしたことを後悔《こうかい》してた。よけいなことはいわないで、女子といっしょに歌ってればよかった。

「ほんとに？　だって今日はあなたらしくなかったから」

「ごめんなさい」ぼくはいった。壁《かべ》や高い天井《てんじょう》、隅《すみ》に置いてあるドラムに、自分の声がぶつかって反響《はんきょう》してるように思える。目に涙《なみだ》がチクチクもりあがってきた。

「あやまる必要はないのよ。ただ、どういうことなのか、知りたいだけ」先生が考えこむように眉《まゆ》をよせる。「みんなを笑わせようと思ったの？」

ぼくはゆっくり首を横にふった。

「ちがうのね」先生は下くちびるをかんだ。「じゃあ、どうして男子のパートを歌いたかったの？」

この時点では、ステラ以外には、まだだれにも話してなかった。いってもだいじょうぶかもしれない。キャシー先生ならわかってくれる。それで、大きく息を吸《す》ってから話しだした。「だってほんとうに男だから」

「そうだったの。それで、ご両親はそのことを知ってるの？」

ぼくはゆっくり首を横にふった。

「そっか」キャシー先生はしばらくすわったまま、リズムを取るように、指先で机《つくえ》をコツコツたたいてた。それからようやく口をひらいた。「よし、こうしよう。次の授業《じゅぎょう》では、自分の好きなパートを歌うようにみんなにいうわね。もともと男女別にするなんてこと自体、ばかげてるものね」

「わかりました」ぼくはほっとした。

「それからシェーン、先生はこのことをだれにもいわないと約束するわ。でも……あなたのお母さんに会ったことがあるけど、こういったことについても話しやすい方だと思うの。そうでしょ？」

うなずいたけど、母さんに知られるのはやっぱり怖《こわ》かった。

その日、母さんが車で迎《むか》えに来たときには、全身から血の気が引いてた。先生はいわないと約束してくれたけど、ただもう、怖《こわ》くて、怖《こわ》くて、どうしようもなかった。だって母さんに電話が行ったんだから。それにみんなの自分に対する態度《たいど》がなんとなくヘンだった。休み時間になると、どうして男子の列に並《なら》んだのかと、何人かからきかれた。どう答えていいかわからなかったから、ふざけただけだといっておいた。でも、みんながみんなそれを信じたわけじゃなかった。

そんなこともあって、家に帰る車のなか、ぼくはずっとしゅんとしてて、いったいどうしたのと母さんに何度もきかれた。おやつはいらないといったら、とにかくすわりなさいといわれ、キッチンのテーブルでぜんぶ打ち明けることになった。音楽の時間のことを話したあと、鏡を見るのもいやなんだといった。髪《かみ》の毛《け》が長すぎて、女の子みたいに見えるから。それにバレエを習うのももういやだ。女の子しかやってないから。

母さんはすわって、ぼくの話にじっと耳をかたむけてた。何を考えてるのかはわからない。表情《ひょうじょう》を消してて、それが一番恐《おそ》ろしかった。でもそれから、ぼくを自分のひざの上にすわらせて、ぎゅっと抱《だ》きしめてきた。「話してくれて、ほんとうによかった」

「怒《おこ》ってないの？」ぼくは泣きじゃくりながらきいた。いつのまに泣きだしたのかわからない。でも、もうとまらなかった。

「もちろん、怒《おこ》ってなんかいないわ。ただ、こういうことは、わたしもまだあまりよくわからなくて。だから、いっしょにしっかり考えていきましょう」

次の週、母さんに連れられて、初めてカウンセリングを受けに行った。ダイアンという名前の感じのいい女の人で、ぼくみたいな子どもの相手を専門《せんもん》にする先生だった。とにかくいろんなことをきかれた。いつ自分が男だと思ったかとか、男子と女子のちがいは何かとか。クリニックには、おもしろそうなゲームがたくさん置いてあって、それでいろいろ遊ばせてくれた。とうとうすべてを話すことができて、一気に気持ちが楽になった。押《お》しつぶされそうな重荷をようやく取《と》り払《はら》ってもらったような気がした。

最初のカウンセリングが終わったあと、母さんは髪《かみ》を切りにぼくを床屋《とこや》に連れていってくれた。誓《ちか》っていうけど、あんなにうれしかったのは生まれて初めてだった。そのあとは、これといって何かが大きく変わりはしなかった。友だちとは以前と同じように遊んでたし、母さんとはあいかわらず夜に映画《えいが》を見たし、父さんにも前と同じように動物園へ連れていってもらってた。ただし父さんにはまだ話さなかった。話す気になったら話せばいいと、母さんがいってくれたから。

結局父さんには、ダイアン先生のクリニックでぼくと母さんから話をした。父さんはじつに物わかりがよかったけど、きっと一時的なものだと思いこんでたんだろう。いまふりかえって、それがよくわかる。その日から一年ほどは、ぼくに女の子の服やぬいぐるみなんかをずっと買い続けた。そうすれば、気持ちが変わるとでもいうように。

クリスマス休暇《きゅうか》のとき、母さんはぼくをすわらせて、そろそろ学校にもはっきりさせないといけない、といった。「トランジション」という言葉を母さんはつかい、それはかんたんにいえば、自分がほんとうは男であることをまわりに知らせることだった。最初ぼくはいやがったけど、ずっとニセモノの自分でいる必要はないでしょと、母さんにいわれた。「先生にお願いして、みんながちゃんとわかってくれるようにしてもらうから」そう約束してくれた。「それでもし何か問題が起きたら、いっしょに解決《かいけつ》していきましょう。いいわね？」

心が麻痺《まひ》して、化石になった気分だった。でも実際《じっさい》やってみれば、心配したほど悪いことにはならなかった。

なにしろ相手は小学校三年生なんだからかんたんだ。「ぼく、ほんとうはユニコーンなんだよ」といったところで、「へえ、そうなんだ」とあっさり信じて、そのあとも変わらずいっしょに遊ぶだろう。「彼《かれ》」というべきところを「彼女《かのじょ》」といってしまったりするまちがいはちょくちょくあったけど、みんなはとにかく、ぼくを男子として扱《あつか》おうと気をつかってくれて、それがありがたかった。

三年生の終わりごろには、みんな慣《な》れたようだった。友だちが離《はな》れていくようなこともなかった。たまたまだけど、本気でケンカもした。ドッジボールをやってるときに、四年生の男子がボールを思いきり強く投げてきたので、お返しにどんと身体を押《お》してやった。相手はふりかえるなり、ぼくの胸《むね》をパンチして、ぼくはひっくりかえった。

母さんはひどく怒《おこ》って、相手の男子はこっぴどく叱《しか》られた。たしかに痛《いた》かったけど、胸《むね》がワクワクした。だって自分は男子として扱《あつか》われたんだとわかったから。女子が相手なら、むこうはぜったい手をあげなかっただろう。そしてふしぎなことに、気分がよかった。とうとうほんとうの自分を見てもらえるようになった気がして。

だから、母さんの仕事の都合でロサンゼルスへの引《ひ》っ越《こ》しが決まると、ひどく落ちこんだ。

夏のあいだずっと、ほとんど母さんと口をきかなかった。自分の持ち物がすべて荷造《にづく》りされるのを見ながら、生まれたときから暮《く》らしてた部屋にさよならを告げなければならないのは、ほんとうにつらかった。新しい学校もすばらしいところで、通りのすぐ先に公共のプールもあるのよと母さんにいわれても、まったくそそられない。母さんのせいで、人生が台無しになると、そう思いこんでた。

もしいやなら、新しい学校ではだれにもいわなくていいと母さんはいった。つまりは、敵《てき》のレーダーにひっかからない「ステルス・モード」でいればいいのよと、まるでぼくが戦闘機《せんとうき》であるかのようにいった。たしかに、トランスジェンダーの子どもたちの多くはそうしてるようで、たいていはうまくいく。それでも自分の場合に当てはめると、うまくいくとは思えなかった。

いまふりかえれば、きき分けのないガキみたいな態度《たいど》だった。後悔《こうかい》してる。なぜって、引《ひ》っ越《こ》してみたら、それが最善《さいぜん》の解決策《かいけつさく》だったとわかったから。バスケの短パンにスニーカーを履《は》き、肩《かた》にボルコムのリュックを背負《せお》って四年生の教室に入っていったら、ひと目見ただけで、みんなはぼくを男子だと思った。もう「特別な」男子じゃなく、ふつうの男子。そのときまで、前の学校で自分が特異《とくい》な存在《そんざい》であったことにはまったく気づいてなかった。もちろん前の学校のみんなはとてもよくしてくれた。でも、この子には気をつけないといけない、扱《あつか》いに注意が必要だと思われてるのがはっきりわかった。もちろん、みんなは悪くない。自分が逆《ぎゃく》の立場でもそう思っただろう。

いまとなっては、サンフランシスコの暮《く》らしを思いだすのが難《むずか》しい。まるで夢《ゆめ》のように思えるときもある。

トイレから出ると、だれにもいわずに学校から出た。こんなことをするのは、初めてだった。保健室《ほけんしつ》に行くことも考えたけど、そうすると保健《ほけん》の先生から母さんに電話が行く。いまはただひとりになりたかった。

家までゆっくり歩いて帰る。通りを走る車はまばらで、すれちがうのはベビーカーを押《お》したお母さんたちくらい。天気は快晴《かいせい》で、暖《あたた》かくて陽《ひ》もさんさんとふりそそいでたけど、ぼくの目には何もかもが灰色《はいいろ》に映《うつ》った。

自分の鍵《かぎ》で玄関《げんかん》をあけ、リュックを床《ゆか》に落とす。そのままソファーまで歩いていって、倒《たお》れこんだ。

どれだけそこにそうしてたのかわからない。時間の感覚がすっかりおかしくなってた。起きあがってテレビドラマを見る元気もなく、何か食べようという気も起こらない。ただ横になって天井《てんじょう》をにらみ、どうしたらいいのかと考えてる。できることはかぎられてて、たいした考えは浮《う》かばない。

ニコのいうことはまちがってると、うそをつきとおすこともできた。いったいなんの話だ？　おまえのいとこは何か誤解《ごかい》してるんじゃないのかと。けれどニコがその気になってちょっと動けば、事実だと証明《しょうめい》するのはたやすい。クリエイティブ・アカデミーに通ってた子ならだれでも、ロングヘアで写ってるぼくの写真を見つけられるだろう。それをニコが学校に持ってきて、みんなにまわせば、最悪の事態《じたい》になる。

マデリンのいうように、無視《むし》してやりすごすこともできる。ほんとうはどうなんだと、ずばりきいてくる人間がいないかぎり――たぶんそんなやつはあまりいないだろう――単なるうわさだったんだと、みんな忘《わす》れてくれるかもしれない。去年も同じようなことがあった。ジョーダン・テイラーはスケートボードの事故《じこ》で腕《うで》を骨折《こっせつ》したと自分じゃいってるけど、あれは父親にやられたんだと、みんながうわさをしてた。それでもギプスが取れてしまえば、だれもそんなうわさのことは忘《わす》れてしまったようだった。ぼくの場合もそれでしのげるかもしれない。でももし、ジョシュやマデリンからほんとうはどうなんだと迫《せま》られたらどうする？　ふたりにもうそをつかなきゃいけなくなる？

再度《さいど》引《ひ》っ越《こ》すという手もあって、それが一番いいかもしれないと思えた。サンフランシスコにもどってもいいけど、学校は変える。今度は法的な手続きを踏《ふ》んで自分の名前も変えて、前の学校でぼくのことを知ってる人間をことごとく避《さ》ければいい。もちろん、そうなると野球チームとも、ジョシュともお別れだ。けれど、サンフランシスコにだってクラブチームはいくらでもある。そこで一からやりなおせばいい。一度やってるんだから、できるはずだ。

いつのまにか寝《ね》てしまったらしく、気がついたら母さんのひんやりした手がひたいにのってた。目をあけると、ソファーのぼくのすぐとなりに腰《こし》をおろしてて、心配そうな顔をしてた。目の下に黒いくまができてて、髪《かみ》の毛《け》はうしろで雑《ざつ》にひっつめられてる。

「赤《あか》ん坊《ぼう》、生まれたの？」声がかすれた。

母さんがにっこり笑う。「かわいい女の子よ」母さんの手がひたいからほおにおりてきた。「どうしてもう家に帰ってるの？　まだ二時よ」

「具合が悪くなって」ぼくはいった。

母さんが首をかしげる。「保健《ほけん》の先生から電話はかかってこなかったけど」

「保健室《ほけんしつ》には行かなかった」ぼそっという。「そのまま家に帰ってきた」

母さんがぼくの顔をじっと見た。もっといろいろききたいんだろう。でもぼくの表情《ひょうじょう》から何か読み取ったのか、何もいわない。「紅茶《こうちゃ》をいれようか？」

ぼくはうなずいた。キッチンで母さんが立ち働く物音をききながら、サンフランシスコにもどりたい気持ちをどう伝えるのが一番いいか考える。もう、そんなにすばらしい解決《かいけつ》策《さく》とも思えなくなってた。

五分後、紅茶《こうちゃ》を持って母さんがもどってきた。シュガークッキーの風味で、ぼくの好きな紅茶《こうちゃ》だった。起きあがって少し飲んでみたけど、気分は晴れない。

「そっか、生まれたか」ようやく話をする気になった。「女の子だっていったよね？」

「たぶん」母さんが目尻《めじり》にしわをよせて、にこっと笑う。「見た目ではわからないって、お互《たが》いそれは知ってるでしょ？」

ばかみたいだけど、そのひとことでぼくは泣きだした。母さんがすかさずとなりに腰《こし》をおろして、ぼくの頭を片手《かたて》で抱《だ》いて自分の肩《かた》にのせる。「何があったの？」

それでぜんぶ話した。マデリンからきいた話や、ニコのいとこのこと、あのうわさのこと、みんなにじろじろ見られたこと、もうジョシュも離《はな》れていってしまうだろうってことも。

話し終わっても、母さんはじっとすわったまま、しばらく何か考えこんでるようすだった。「たぶん、マデリンのいうとおりだと思うわ。無視《むし》していれば、やがてうわさも収《おさ》まる」

「どうかな」とぼく。「ニコはあちこちでいいふらしてるらしいから」

母さんがぼくのあごを指ではさんだ。「そんなうわさ、きっとだれも信じない」

「でもそれが事実なんだ！」泣きそうな声になる。

「いいえ、ちがう」きっぱりいいきった。「あなたをよく知ってる人間はみんな、男だとわかってる。それに外見だって、じきにもっと男らしくなるんだから」

「じゃあ、ずっと、うそをついてろっていうの？」ちょっと考えて、ぼくはいった。涙《なみだ》がこみあげてきて声がかすれる。言葉がなかなか出てこない。

「うそをつくというのとはちがう。ぜんぜんちがう。そのことは前にも話したでしょ。うそをつくんじゃなくて、プライバシーだから話すのを控《ひか》えているんだって。覚えてる?」

ぼくはしぶしぶうなずいた。でも、ある時点から、プライバシーじゃなくて、友だちにいえない秘密《ひみつ》になってたことも、心のどこかでわかってた。こうやって秘密《ひみつ》を胸《むね》に隠《かく》したまま、友だちとは一生距離《きょり》を置いてつきあわないといけないのか? いくらなんでも、さみしすぎる。

「じゃあ、ふたりでロールプレイングをして準備《じゅんび》しておかないとね。相手がああいったら、こっちはこういうってね」

ぼくが乗り気じゃない顔を見せると、母さんは笑顔をつくってこういった。「ずいぶん久《ひさ》しぶりだものね。でも練習するくらい、いいでしょ?」

初めてみんなに男であることを公表したとき、母さんとさまざまな状況《じょうきょう》を想定して、何時間もロールプレイングをした。ぼくを女の子だと思ってる相手に出くわしたらどうするか。だれかがぼくを「彼《かれ》」じゃなく、「彼女《かのじょ》」と呼《よ》んだとき、こっちはどうするか。からかわれたとき、なんといえばいいか。

今回のようなこともあるかもしれないと、ここに引《ひ》っ越《こ》してきてすぐ、その場合の準備《じゅんび》もしてた。でもそれは何年か前のこと。いまになって、「ぼく、身体は女で生まれてきたけど、頭は男なんだ」と、そんな説明をしたところで、同級生たちがあっさり納得《なっとく》するとは思えない。

「絶望的《ぜつぼうてき》」暗い未来がありありと見える。

「きいてちょうだい」母さんが身をかがめ、ぼくと目を合わせていう。「今回もふたりで乗《の》り越《こ》えるのよ。必ずうまくいく。約束するわ」

13

翌朝《よくあさ》、目覚まし時計が鳴ると、すぐとめて寝返《ねがえ》りを打ち、天井《てんじょう》をにらんだ。ほとんど眠《ねむ》れなかった。目を閉《と》じるたびに、最悪のシナリオが頭に浮《う》かんできた。野球チームの全員がぼくをじろじろ見てる。みんなぼくを指さして笑ってる。トイレに逃《に》げこんだら、便器に顔をつっこまれる。うちの学校では表むき、そういったいじめはぜったい許《ゆる》されない規《き》則《そく》になってるけど、だからといって、その規則《きそく》をだれもが守るわけじゃない。これまではいじめのターゲットにならずにいたけど、たぶんこれからはちがう。

部屋の入り口に母さんがあらわれた。「おはよう、シェーン」

「具合が悪い」もごもごいって、壁《かべ》のほうをむく。

「そうよね」なかに入ってきて、ベッドのへりにすわった。「今日は学校へ行くのが怖《こわ》いような気がするんでしょ？」

ぼくは答えなかった。

ふたりともしばらくだまり、それから母さんがいった。「家にいてもいいけど、正直なところ、それはことを先のばしにするだけだと思うの。いまどんな状況《じょうきょう》なのか、行ってたしかめてみるべきじゃないかしら。そうでないと、一日じゅう、ここにいてくよくよ悩《なや》むばかりになる」

ぼくは目をぎゅっとつぶったけど、それでべつの星へワープできるわけもない。母さんのいうことは正しい。

「みんな知ってたらどうするの？」

「みんな知ってるんだと思えばいい」母さんが優《やさ》しくいう。「そうして、じゃあどうするか、ふたりで考える。わたしが学校に行って、ニューウェル校長先生に話をするのがいいかもしれない」

ぼくははっと背《せ》すじをのばした。「えっ？　だめだよ！　そんなことしたら、ますます学校にいづらくなる。それはしないって約束して」

母さんがため息をついた。「わかったわ。でも何かまずいことが起きたら、すぐ連絡《れんらく》してちょうだい。いいわね？」

ぼくはごくりとつばを飲んだ。「わかった」

母さんがぼくの背中《せなか》をぽんとたたく。「急いだほうがいい。遅刻《ちこく》するわよ」

シリアルを何口か無理矢理《むりやり》飲みこんでから家を出た。外に出ると、世界がまぶしすぎる感じがした。気温はすでに二十五度を超《こ》えてて、ジョシュの家にたどりついたときには汗《あせ》をかいてた。

驚《おどろ》いたことにジョシュが歩道に立ってた。いらいらしたようすだ。

「おい、オレまで遅刻《ちこく》させる気か！」

「待っててくれたんだ」あっけに取られていった。

「ああ、昨日は悪かった。科学の課題を提出《ていしゅつ》しなきゃならないんで、母ちゃんに車で送ってもらったんだ」そういって、ぼくの肩《かた》をぼかんと一発なぐる。「それはいいけど、おまえどこにいたんだ？　ランチの時間にあらわれなかったな」

「早退《そうたい》したんだ。具合が悪くて」

「だいじょうぶかよ？」心配そうな顔。「今日の練習には出られるんだろ？　でなきゃ監《かん》督《とく》が試合に出してくれないぜ」

「ああ、だいじょうぶ」心のつかえがすっと取れたような気がした。もしかしたら過剰反《かじょうはん》応《のう》をしてたのかもしれない。思ったほど事態《じたい》は悪くない。

ニコが何かいってなかったかとジョシュにききたかったけど、かえって興味《きょうみ》を持たれるかもしれないからやめた。かわりに、昨晩《さくばん》のドジャースの試合について話した。というより、ジョシュが一方的に実況中継《じっきょうちゅうけい》みたいに説明するのを、ぼくが興味津々《きょうみしんしん》できいてるふりをしてたんだけど。遅刻《ちこく》しないように、いつもよりずっと速い足取りで歩いたから、ぎりぎりで始業のベルに間に合った。

「じゃあ、またランチのときに。いいな？」とジョシュ。

「ああ。またな」

ぼくはホームルームの教室にまっすぐむかった。ロッカーに立ちよる時間はない。教室ではマデリンが窓際《まどぎわ》の席にすわってた。顔を上げ、ぼくに満面の笑《え》みをむけると、自分のとなりの席をぽんぽんとたたいた。近くまで行くと、自分のリュックをすっとどけて、ぼくにいう。「席、取っといたの」

「ありがとう」ぼくは椅子《いす》にすべりこみ、リュックを床《ゆか》に置いた。

ピーターズ先生が出席を取りはじめると、マデリンが身をよせてささやいた。「今日の夕食、うちに来て食べられる？」

心配のしすぎで疲《つか》れきって、母さんにきくのをすっかり忘《わす》れてた。「ああ、だいじょうぶ。行けると思うよ」

「よかった」マデリンの両のほっぺたに、丸く赤みがさす。

そのあと、何をいえばいいのかわからない。マデリンも同じみたいだった。ピーターズ先生が何か読みあげてるのをだまってきいてる。そのあいだ、ぼくはまわりをきょろきょろ見まわしてたけど、おかしな目つきでこっちを見てくるやつはいないようだった。

「そして最後にもうひとつ」ピーターズ先生がいう。「野球のクラブチーム、カーディナルズが来週の土曜日に地区トーナメントに出場することになった。チームのメンバーには、うちの学校の生徒も大勢《おおぜい》いる」――そこで手に持ってた紙の束でぼくをさす――「花形投手、われらがシェーン・ウッズもそのひとり。みんなで応援《おうえん》しよう」

パチパチとまばらな拍手《はくしゅ》が起きた。マデリンがぼくににっこり笑いかけ、だれよりも大きな拍手《はくしゅ》を送ってくれる。ぼくは顔が真っ赤になるのがわかり、椅子《いす》に深く沈《しず》みこんだ。

話題は次の集会の件《けん》に移《うつ》った。

ランチの時間になるころには、結局なんでもないことに大騒《おおさわ》ぎしてたんだと思えてきた。まわりでおかしな態度《たいど》を取るやつもいなかったし、トイレの便器に頭をつっこまれるようなこともなかった。母さんから、「だいじょうぶ?」と、メッセージが送られてきた。

「ぜんぜん問題なし」と返事を送った。

それからランチを食べに出た。すでにジョシュがいつものベンチにすわってて、容器《ようき》に入った焼きそばを半分ほど食べ終わってた。ジョシュのお母さんはいつも学校に残り物を持たせる。ほとんどが中華料理《ちゅうかりょうり》なので、においが強い。「強烈《きょうれつ》だな」腰《こし》をおろすなり、からかった。「ここまでぷんぷんにおってくる」

「うらやましいんだろ」顔も上げずにいう。「ベジタリアンの家じゃあ、味も素《そ》っ気《け》もない料理ばっかだもんな」

「アーモンドバターとジャム」きっぱりいって、ジョシュに見せてやる。「ぜんぜんうらやましくないよ」

「ちょっと交換《こうかん》する？」ジョシュが期待をこめていう。

ぼくはサンドイッチを半分わたし、焼きそばをよこそうとするジョシュに首をふって断《ことわ》る。「ぼくはいいって」

「勝手にしろ」ジョシュは容器《ようき》にふたをしてリュックにつっこんでから、サンドイッチにかぶりついた。

ふいに、バスケットコートのむこう側にいるニコが目に入った。ディランと、ほかにもカーディナルズのメンバーが数人いて、何か話してる。みんなずっとこっちを見てるんだけど、ぼくと目が合うと、さっと目をそらす。

かぶりついたサンドイッチがのどにつまり、水をがぶ飲みした。

ジョシュがけげんな顔をする。「どした？」

「え？」

「なんかパニクってる」

「なんでもない」ぼくはランチをかたづける。

「それで終わりってわけじゃないよな？」とジョシュ。「さてさて、次はなんでしょう」

「おまえにやるよ」ぼくはランチバッグをわたした。ジョシュが袋《ふくろ》のなかをかきまわしてるあいだ、こっちはむこうでかたまってるやつらをずっと注視《ちゅうし》してる。

ニコはぼくのことを話してるのか。それともこっちの被害妄想《ひがいもうそう》？

「べつのコートをつかえばいい」ぼくの視線《しせん》を追って、ジョシュがいう。「ニコとプレーするなんて冗談《じょうだん》じゃない。あいつ、しょうもないファウルばっかりしかけてくるからな」

「何？」ぼくは気を取られてきいてなかった。

「バスケだよ」とジョシュ。「毎日やってるだろ？」

「ああ、そうだった」

ジョシュがベンチから立ちあがった。「行こう」

「あ、また吐《は》きそうになってきた」ぼくはすばやく立ちあがり、リュックを背負《せお》った。臆《おく》病者《びょうもの》だとわかってる。ほんとうなら、むこうへ行って、なんてことはない顔をしてるべきだった。でも、もし連中がぼくのことを話してたのなら……やっぱり、平気な顔なんかできない。いまはまだ。

ジョシュはわけがわからないという顔をし、それから肩《かた》をすくめた。「わかったよ。じゃあ、またあとでな」小走りでコートを横切っていく。

ランチ休憩《きゅうけい》の残り十分間、図書室にふらりと入って、宿題をひらく。ほぼがらがらで、数人いる生徒に顔見知りはいなかった。たぶんみんなスポーツをしない。ぼくみたいに、校庭に出てるみんなを避《さ》けてここに来てるのかもしれない。

きっとこれからは、こういう子たちとつるむことになるんだ。

そのあとはずっと、ますますみんなから妙《みょう》な目で見られてるような気がしてしかたなかった。ぼくが近づいていくと、ひそひそ声がぴたりとやむ。母さんに助けを求めて迎《むか》えに来てもらおうと五、六回思った。けれど地区トーナメントが間近に迫《せま》るいま、これといった理由もなしに野球の練習を欠席したら、監督《かんとく》に怒《おこ》られるに決まってる。スタメンからはずされるリスクは避《さ》けたかった。

ところが、更衣室《こういしつ》に入ったとたん、いつもとようすがちがうのに気がついた。メンバーのほとんどが着替《きが》えの途中《とちゅう》で、ぼくを認《みと》めるなり、全員が押《お》し黙《だま》った。

「やあ」自分から声をかけ、緊張《きんちょう》を表に出さないようにする。心臓《しんぞう》が胸《むね》をはげしくたたき、胃が高速回転してる。

数人からぼそっと声が返ってきた。「やあ」ほとんどがぼくの目を見ない。ニコの相棒《あいぼう》、ディランだけが例外だった。「やあ、ウッズ」そういって、作り物の笑顔を見せる。「ちょうどおまえのことを話してたんだ」

「何を？」ごくりとつばを飲む。

ディランが首をかしげる。「なあ、どうしていつも個室《こしつ》で着替《きか》えるんだ？」

ぼくは肩《かた》をすくめた。「べつに理由はない」

「そうか」満面の笑《え》み。「じゃあ、ここで着替《きか》えろよ」

「なんで？」ぼくはいいかえした。

ディランが答える前に、ジョシュが更衣室《こういしつ》に入ってきた。

「いったいなんの騒《さわ》ぎだ？」場の雰囲気《ふんいき》を感じ取ってきく。

「ディランが、シェーンの裸《はだか》を見たいんだってさ」コールがいって鼻を鳴らす。

「ちがう！」とディラン。味方をさがして目をきょろきょろさせる。「こいつが、いつも個室《こしつ》で着替《きか》えるんで、ヘンだと思っただけだ」そこですーっと目を細める。「きっと何か隠《かく》してるんだ」

ジョシュが大げさにため息をついた。「あーあ、またそれか」

「またって何？」いいながら、心臓《しんぞう》がバクバクしてる。耳のなかでごうごうと音がして、なんでもないふりをするのが難《むずか》しい。

「ニコがあちこちで、ばかなことをいいふらしてるんだ」ジョシュがいって、ディランをにらみつける。「女みたいに、うわさを広めてやがる」

「女」という言葉に、ぼくは思わずひるんだものの、だれにも気づかれなかった。ディランがおどすように一歩前へ踏《ふ》みだし、ケンカのかまえに入ったからだ。ディランより背《せ》は低いけど、ジョシュのほうも一歩も引かない。友のために敵《てき》に立ちむかうジョシュが誇《ほこ》らしくて、胸《むね》が熱くなった。ぼくのために、ここまで強く出てくれてるんだから、せめてこっちも加勢《かせい》しないと。

一歩前へ出て、割《わ》って入った。「ここでケンカなんかしたら、監督《かんとく》が怒《いか》り狂《くる》う」

ふたりともまだにらみあってる。「マジで考えろ。地区トーナメントを台無しにしていいのか？　ふたりともスタメン落ちは確実《かくじつ》だぞ」

ディランが口をゆがめてせせら笑う。「じゃあ、証明《しょうめい》しろよ。ここで着替《きか》えて」

「何も証明《しょうめい》なんかする必要ない」ジョシュがきっぱりといった。

そうだそうだと、つぶやく声。ディランが首をさっとまわす。本気で怒《おこ》ってる顔だ。みんなが自分に加勢《かせい》してくれると思ってたんだろう。ところがみんなはそっぽをむいて、着《き》替《が》えにもどった。

ジョシュは勝《か》ち誇《ほこ》ったような表情《ひょうじょう》を浮《う》かべてディランに身をよせる。「監督《かんとく》がいってるように、だれかひとりを攻撃《こうげき》すれば、全員を敵《てき》にまわすことになる。オレたちはひとつのチームなんだ。たとえおまえが、しがない控《ひか》えのピッチャーでもな」

ディランの顔がどす黒い赤に染《そ》まった。最後にこっちをにらみつけてから、ドスドスとグラウンドに出ていった。

しばらくしてからぼくはいった。「助かったよ、ジョシュ」

ジョシュはまだディランの背中《せなか》をにらみつけてる。「負け犬め。監督《かんとく》がチームから追いだしてくれればいいんだ」

「もういいよ」ひざがくがくしたけど、すわりこむわけにはいかない。まだ着替《きが》えが終わってない。この状況《じょうきょう》を考えると、みんなの前で堂々と着替《きか》えたほうがいいだろう。更衣《こうい》室《しつ》の中央に並《なら》ぶベンチの上にバッグを置いてから、ゆっくりとシャツを脱《ぬ》ぎだした。

数人がこそこそと、こっちを盗《ぬす》み見《み》てるのがわかる。まずジャージーを着て、それからファスナーをおろし、ズボンを床《ゆか》に落とした。

ありがたいことに、こういう場合に備《そな》えて準備《じゅんび》をしてある。パワーストレッチパンツのなかに靴下《くつした》の片方《かたほう》を丸めてつっこみ、それらしいふくらみをつくってあった。これで試験にパスすることを願うばかりだった。

全員が満足するまで見たことを確認《かくにん》してから、腰《こし》をおろしてスパイクのひもを結ぶ。みんながぞろぞろとグラウンドに出ていくなか、コールが近よってきた。

「何？」ぼくは顔を見ないでいった。

「ディランはマデリンが好きなんだ」ぼくのささくれだった感情《かんじょう》をなだめるようにいう。

「それで、あんないやがらせをする」

ふいに、ことの全体像《ぜんたいぞう》が見えてきた。「わかった」

「一応《いちおう》知っておいたほうがいいんじゃないかと思って」コールは居心地《いごこち》が悪そうに、かぶってる野球帽《やきゅうぼう》のへりをひっぱってる。「ぼくはやつのいうことを信じない」

コールの目を見ずに、ぼくはきいた。「で、やつは何をいいふらしてる？」

「何も。くだらないこと。とにかくグラウンドに出よう」

「ああ」

「急いだほうがいい。あと五分でウォーミングアップがはじまる」

コールが更衣室《こういしつ》から出ていったあと、トイレの個室《こしつ》をはしからあけていく。だれもいないとわかったところで、一番近い個室《こしつ》に飛びこんで吐《は》いた。便器の前に両ひざをついたまま、しばらく息をはあはあはずませてる。まちがいなく人生で最悪の十分間だ。それでもなんとか切りぬけたと自分にいいきかせる。あとはみんなが納得《なっとく》してくれたことを祈《いの》るばかりだ。

立ちあがって水道で口をすすぎ、顔に水をはたきかける。監督《かんとく》がグラウンドでどなってる声をききながら、ペーパータオルで顔をふく。鏡に顔を近づけて確認《かくにん》すると、目はちょっと赤いけど、思った以上に落ち着いて見えた。

「ウッズ！　みんな待ってるぞ！」

「いま行きます！」深く息を吸《す》い、グローブをつかんでかけだした。

ああ、そう願ってたさ
ξ$*%#.
かんたんに逃《に》げられると、本気で思っていたのか？
AAAAAAA
裏《うら》切《ぎ》り者《もの》には厳《きび》しい制《せい》裁《さい》が加えられる
見よ！

14

夕方六時きっかりに、マデリンの家の玄関《げんかん》ポーチの前に立った。想像《そうぞう》してた以上に豪華《ごうか》な家で、ギリシャ風の柱をはじめ、何から何まで高級だ。

「すてきなおうちね」母さんがいう。

「うん」ぼくはシャツの襟《えり》をひっぱって、こんなかっこうでよかったんだろうかと不安になる。練習のあと、ボタンダウンのシャツに着替《きか》えたけど、ジーンズとスニーカーはそのままだ。これだけの豪邸《ごうてい》なら、スーツにネクタイというかっこうをしてくるべきだったかも。

「あなたもすてきよ」母さんがぼくに身をよせていう。

こっちはしゃべる余裕《よゆう》なし。勇気をふるってドアベルを鳴らした。

「いま行く！」マデリンがなかから声をはりあげた。

勢《いきお》いよくドアがあいた。マデリンがかすかに息を切らして立ってる。まだ登校時と同じスカートとブラウスを着てるのを見て、ちょっとほっとした。マデリンが目を大きく見ひらく。「あっ、こんばんは。シェーンのお母さんですね！　うちの家族が会いたがってるんです。ママ！　パパ！」首をねじって肩越《かたご》しに両親を呼《よ》ぶ。

「ねえ、マデリン」母さんがにっこり笑って話しかける。「あなたとシェーンはなんの授《じゅ》業《ぎょう》でいっしょなのかしら？」

「ホームルームだけです」とマデリン。

「マデリンは特進クラス」ぼくが教える。

「特進クラス！　うわあ、すごいわね！」母さんがほめたけど、ちょっと大げさな感じがする。

両親がマデリンのうしろにあらわれた。お母さんは背《せ》が高く痩《や》せてて、娘《むすめ》と同じように赤毛で瞳《ひとみ》が青い。パンツスーツに高価《こうか》そうな宝石《ほうせき》を合わせ、ハイヒールを履《は》いてる。お父さんは背《せ》が低めで、ぼくと同じくらい。こちらもカーキのスラックスに白いシャツというきちんとした服装《ふくそう》だ。ぼくたちを礼儀《れいぎ》正《ただ》しく迎《むか》えてくれた。

「こんばんは、レベッカです」母さんがいって、マデリンの両親と握手《あくしゅ》をする。

「あなたがシェーンね」マデリンのお母さんがいう。握手《あくしゅ》をした手はひんやりしてて、力が入らずぐにゃっとしてた。

「こんばんは」ぼくはあいさつをした。

「さあ、どうぞお入りください！」マデリンのお父さんが朗々《ろうろう》と響《ひび》く声でいう。小柄《こがら》な身体から、こんなに大きな声が出るなんて。

「大変ありがたいんですが、わたしのほうは予定が入っておりまして」母さんは大げさに腕時計《うでどけい》に目をやる。「何時に拾いに来ればいいかしら？」

「拾う」なんていう言葉をつかったのに、ぼくは顔をしかめた。くだけすぎてて、こういう人たちには失礼に思える。マデリンのお母さんが笑顔で答えた。「八時半でいかがでしょう。あしたは学校が休みですし」

マデリンがぼくにあきれた顔をしてみせて、声を出さずに「八時半！」と口だけ動かしてみせる。

「ええ、もちろんだいじょうぶです」母さんが上体をかがめてぼくのほおにキスをする。

「じゃあ、楽しんでらっしゃい」

ぼくは口のなかでもごもごいう。「じゃあ、母さん、また」

家のなかはさらに豪華《ごうか》だった。天井《てんじょう》がものすごく高くて、東洋風のラグがあちこちに敷《し》かれてて、家具も見るからにお金のかかってそうな高級品で統一《とういつ》されてる。玄関《げんかん》ホールだけで、ぼくらの暮《く》らす家のスペースがすっぽり収《おさ》まってしまう広さだ。こんなすごい家に住んでながら、どうしてマデリンは私立学校《しりつがっこう》に通わないのかふしぎだ。

「夕食はサーモンみたい。おいしいといいんだけど」

「へえ、それは楽しみだ」といったけど、魚はそれほど好きじゃない。この家にいると、自然と声を落として話すようになる。図書館や博物館にいるみたいな気分だ。

二階から騒《さわ》ぎ声《ごえ》がきこえてきたと思ったら、バタバタッと足音が響《ひび》いた。赤毛の子がふたりかけおりてきて、踊《おど》り場《ば》で足にブレーキをかけてとまった。「おまえたち！」マデリンのお父さんが大声でいった。「大騒《おおさわ》ぎはやめなさい。おりてきて、シェーンにごあいさつしなさい」

「弟」マデリンが教えてくれる。「どっちも七歳《さい》」

ふたごがゆっくりと階段《かいだん》をおりてきて、だれだよこいつ、という目でぼくを見る。口のなかでもごもごと、こんばんはとあいさつし、ひとりずつ前へ出てきて握手《あくしゅ》をする。

「ママ、シェーンに家のなかを案内したいの。いいでしょ？」

「もちろんよ。でも早めに切りあげてね。もうすぐ夕食の用意ができるから」マデリンのお母さんがいう。

「行こう」マデリンがぼくを手招《てまね》きしていう。

何かこわしでもしたら大変だと思いながら、両脇《りょうわき》に手をぴたりとつけて、マデリンのあとについて部屋から部屋へとまわる。子ども部屋が三人分べつべつにあって、それぞれにバスルームがついてる。しみひとつない清潔《せいけつ》な部屋で、どこにも紙切れ一枚《まい》落ちてない。母さんがよく、「これでも、どこに何があるかちゃんとわかってるから」という、あっちもこっちもごちゃごちゃした、うちの部屋とは大違《おおちが》いだった。そのかわり、どことなく寒々しくてさみしそうな感じがする。

ただしマデリンの部屋だけはちがって、色が爆発《ばくはつ》してるみたいだった。ピンクの壁《かべ》、オレンジのカーペット、ライムグリーンのビーンバッグチェア。どの壁《かべ》にもアニメのキャラクターの描《か》かれたポスターが貼《は》られてるのを見て、ぼくは目を大きく見ひらいた。「アニメ、好きなの？」

「うん、大好き」熱っぽくしゃべりだす。「宮崎駿《みやざきはやお》のアニメ、何か見たことある？」

「ぜんぶ見たよ。どれも十回以上ね」ぼくはいった。

「わたしも！」マデリンが興奮《こうふん》していう。「わたしのお気に入りは、『千《せん》と千尋《ちひろ》の神隠《かみかく》し』」

「ぼくは『天空の城《しろ》ラピュタ』だけど、『千《せん》と千尋《ちひろ》』もすごいよね」

そこからはもう話題にこまらなくなった。家のほかの部分を見てまわりながら、好きなシーンのことを語りあう。どういうところが好きで、変えられるとしたら、どこをどうするか。

「じつはぼく、マンガを描《か》いてるんだ」とうとう打ち明けた。「テイストは宮崎駿《みやざきはやお》に似《に》てるんだけど、もう少しSF《エスエフ》よりかな」

「知ってる。前に見せてもらったけど、すごかった！」マデリンが興奮《こうふん》していう。「もっと見てみたいな」

「いいよ」いいながら、ちょっと胸《むね》が躍《おど》る。

ダイニングルームに入っていくときも、まだふたりでぺちゃくちゃしゃべってた。そこには巨大《きょだい》なテーブルが置いてあって、二十人ほどすわれそうだった。その片《かた》はしにまとめてみんなの席が用意されてて、ぼくら以外はみんなすわってた。

「シェーン、あなたはマデリンのとなりにすわってちょうだい」お母さんがいう。

いわれたとおり、ぼくは腰《こし》をおろした。それから五分ほどは、だれも何をいったらいいのかわからないようすだった。いつもこんなに静かなのか、それともぼくがいるからだろうか。

「あなたのお母さま、すてきな人ね」マデリンのお母さんがとうとう口をひらいた。「お仕事は何をなさっているの？」

「助産師《じょさんし》です」ぼくはいった。

「ほんとに？　すごい！」マデリンが驚《おど》いた声をあげる。「じつはわたし、医者になりたいの」

「すてきだね」いったそばから自分を叱《しか》った。すてきだね？　なんだよ、その気取ったい方。

「マディはわが家の理想家でね」お父さんが温かな笑《え》みを浮《う》かべる。「いつの日か、世界を救いたいそうだ。で、その前は女優《じょゆう》になりたかったって、きみには話したかな？」

「パパ！」

ぼくは首を横にふった。

「CM《シーエム》に出たんだ」娘《むすめ》の抗議《こうぎ》を無視《むし》していう。「わたしの好きなフレーズがあってね。こんな感じだった……」そこで首をちょこんとかしげ、太い声で歌いだした。「オッオッオー、とっても甘《あま》くてクリーミー、オレオ、オーレオ、オ・レ・オ！」

ぼくはぶっと吹《ふ》きだした。「キャー！」とマデリンが甲高《かんだか》い声でさけび、お父さんに自分のナプキンを投げつけた。お母さんも弟たちも大笑いしてる。

「思いだした。見たことある」とぼく。

「あれ、なかなかでしょう？」マデリンのお父さんがいう。

「すごくよかった。あのおかげでクッキーが山ほど売れたんじゃないかな」

その言葉で、また弟たちがどっと笑った。マデリンの両親もいっしょになって笑う。マデリンは穴《あな》があったら入りたいというように両手に顔をうずめた。

「恥《はじ》をかかせないって、約束したのに！」とマデリン。

「親だからな。これも仕事のひとつだ」父親がいってウィンクしてみせる。家や着てるものはずっと上等だけど、結局のところマデリンの家族も、うちの母さんとあまり変わらないのかもしれない。

夕食が終わるとマデリンがきいた。「テレビで映画《えいが》を見てもいい？」

両親ふたりがちらっと目を合わせ、すぐに母親がいった。「もちろんよ」マデリンはぼくの手をつかんでリビングへひっぱっていく。巨大《きょだい》なテレビと、それにむかいあうように置かれた大きなソファー。ぼくはこっそり腕時計《うでどけい》を見る。七時半。母さんが迎《むか》えに来るまで、あと一時間ある。「で……何を見る？」急に恥《は》ずかしそうな顔になってマデリンがきいた。

ぼくは肩《かた》をすくめた。「なんでも。好きなの選んで」

「『スチームボーイ』は見た？　すごくいいの」

少なくとも三回は見てる。「いいねえ、おもしろそう」

マデリンが映画《えいが》をスタートさせてから、ソファーにすわった。そこから一メートルくらい距離《きょり》を置いてとなりにすわる。見たことのある映画《えいが》でよかった。筋《すじ》なんかぜんぜん頭に入ってこない。超自意識過剰《ちょうじいしきかじょう》になってて、すわり方を忘《わす》れてしまったみたいにあせってる。ずっともじもじしながら、足や腕《うで》の位置がまちがってるような気がしてならない。ソファーのクッションが柔《やわ》らかすぎるのもこまりもので、何度すわりなおしても、おかしな姿勢《しせい》で沈《しず》みこんでしまう。

「ソファーに食べられちゃう気がしない？」

「うん、たしかに」ぼくはいった。

「そうなの。じつは昔、もうひとり弟がいたんだけどね」

ぎょっとしてマデリンを見たけど、なんていっていいのかわからない。するとマデリンが爆笑《ばくしょう》した。それでぼくも笑いだした。

「すごいなあ、女優《じょゆう》の才能《さいのう》あるよ」

「まさか」マデリンがいって顔をしかめる。「演技《えんぎ》なんて大っきらい。ほんとうにいやだった」

「じゃあ、どうして？」

「赤《あか》ん坊《ぼう》のとき、ママがわたしをオーディションに連れていったの。もともと、ママがここに移《うつ》ってきたのは女優《じょゆう》になるためだったんだけど、そうかんたんにはいかなかった」淡々《たんたん》といった。「それで、もっと小さいうちから、歌やダンスの練習をしてればよかったとママは思ったらしい。そうすれば状況《じょうきょう》は変わってたんじゃないかって」

「だからマデリンに歌やダンスのレッスンを受けさせたんだね？」

「ちょっとだけね」そこで苦笑いをもらす。「八歳《さい》のとき、テレビドラマで、主人公の妹役に抜擢《ばってき》されたの。学校もやめなくちゃいけないし、いろんなことをあきらめないといけなくなった。それでものすごいプレッシャーを感じて、しょっちゅう胃が痛《いた》くなって。とうとうドラマの撮影《さつえい》がはじまる三日前に、やっぱりわたしには無理だってパパとママに話したの」

「うわ。そしたらなんていわれた？」

マデリンが顔をしかめる。「ママはもうとことん落ちこんじゃって、一生に一度のチャンスなのよって、そればっかり。でもみんながみんなママと同じ夢《ゆめ》を持ってるわけじゃないって、パパがママを説《と》き伏《ふ》せてくれた」

「いいお父さんだね」

「うん、うちの親はどっちも偉《えら》いと思う」とマデリン。「わたしのことを完全に理解《りかい》してるわけじゃないけど、いつでも味方になってくれるの」笑いをもらし、さらに続ける。「いっしょに買い物に行ったときのママの顔、見せてあげたい。わたしが選ぶ服のすべてがママは気に入らない。でも、なんにもいわないの」

「いいお母さんだね」いいながら、自分の父親のことを考える。テストステロンのことは一応賛成《いちおうさんせい》してくれたけど、ある日目覚めたら、やっぱり女の子でいるほうがいいと、ぼくがそう思う日が来るのをまちがいなく期待してる。両親がいつでも自分の味方になってくれる、そんな環境《かんきょう》で暮《く》らせるのはほんとうに運がいい、ひとにぎりの人間だけだ。ほかのだれかが自分のことをどう思おうと、マデリンがまったく気にしてないように見えるのは、そのせいなんだろう。自分もそんなふうにいられたら、どんなにいいか。

映画《えいが》も中盤《ちゅうばん》に入ったところで、ドアをノックする音が響《ひび》いた。マデリンのお父さんが顔を出した。「シェーンのお母さんが迎《むか》えにいらした」

廊下《ろうか》でマデリンの両親と忘《わす》れずに握手《あくしゅ》をし、招《まね》いてくれたことにきちんと感謝《かんしゃ》の言葉をいった。いまは、ふたりともずいぶん肩《かた》の力がぬけてる。「じゃあね、マデリン。またね」

「またね」とマデリン。またほっぺたを赤くして、うれしそうだ。つま先立ちで、軽くはねながら、走り去るぼくらの車に手をふってくれた。

15

「今日の午後、PFLAG《ピーフラッグ》のミーティングに出てみたらどうかなって思ったんだけど」翌《よく》日《じつ》、母さんがランチを食べながらいった。

ぼくは食べるのをやめて、母さんの顔をまじまじと見る。「なんで?」

「このところいろいろあったじゃない」と母さん。「同じ問題をかかえてる子がきっといると思うの」

ぼくは鼻を鳴らしてから、またひとくち口に入れた。PFLAG《ピーフラッグ》というのは、トランスジェンダーやレズビアン、ゲイなどの両親や家族、友人などをつなぐ地元のグループだ。ここに移《うつ》ってきたばかりのころはよく通った。参加者はグループ分けされる――親のグループ、ティーンエイジャーのグループがそれぞれべつの部屋に集まり、それ以外の子どもは中庭に出て遊ぶだけ。「ぼくはまだ小さい子どものグループだよ。六歳《さい》のガキンチョたちと、いったい何をしろっていうの?」

「シェーンはホルモン療法《りょうほう》をはじめたわけだから、ティーンエイジャーのグループに入れるっていってたわ。あなたと同じ年の子たちもいるそうよ」そこですっと身をよせてきた。「でもね、行きたくないのならべつにいいのよ。ほかの親御《おやご》さんたちと話をしてみたいと思っただけだから」

疲《つか》れてるようすだった。目の下に黒々とくまができてる。赤《あか》ん坊《ぼう》を取りあげるために夜《よる》遅《おそ》くまで起きてたせいばかりじゃないんだろう。親のグループでどんなことを話すのかよくわからないけど、ティッシュの箱がいくつも置いてあるところから考えると、そうとうシビアな話をするんだと思う。

ひとりで行ってといったら、母さんががっかりするのはわかってた。「いいよ。どうせ今週末は練習もないし」

「よかった」ほっとしたようすで、椅子《いす》に背《せ》をあずけた。「二時半ごろには出るから用意しておいてね」

着いたときには、まもなくミーティングがはじまるところだった。母さんはまず自分の名札をつけてから、ぼくにも名札をよこした。「つきそっていったほうがいい？」

ぼくはぎろりとにらみつけた。

「その目は、ノーということね」と母さん。「わかった。じゃあ、またあとで」

「うん、行ってくる」

そうはいったけど、入り口でためらってる。部屋のなかには思った以上に大勢《おおぜい》が集まってて、三十人以上はいるだろう。ぼくと同い年くらいの子がふたりいたけど、それ以外はみんな年上のようで、あごひげや口ひげを生やした子も数人いる。室内に目を走らせ、顔見知りがいないかさがす。もう一年以上も来てないせいか、知ってる顔はなかった。

「シェーン！　シェーンじゃない！」部屋のむこう側にすわった女の子がぼくを手招《てまね》きしてる。

文句《もんく》なしの美女で、黒いロングヘアと黒い瞳《ひとみ》がきれいだ。のろのろと歩いて近づいていったら、どこかで見たことがあると気がついた。

相手は胸《むね》の前で腕《うで》を組み、むっとした口調でいった。「あたしのこと、覚えてないの？」

「いや、その……」名前が思いだせない。

すると相手が吹《ふ》きだし、となりの空席をぽんぽんとたたいた。「ここにすわって、シェーン。だけど、ほんとうに頭に来る！　あたしがキスした最初の男の子なのに！」

それで思いだした。「アレハンドラ？」

相手がうれしそうに笑った。「うん」

アレハンドラはぼくよりふたつ上だった。母さんと毎月ここに通ってたころ、毎回顔を合わせてた。そのときぼくが入ってたグループは、いつも鬼《おに》ごっこばかりしてて、ある日ぼくをすべり台の脇《わき》まで追いつめたアレハンドラが、とつぜん口にぶちゅっとキスをしてきた。それからずっと、みんなからものすごくからかわれたのだった。

「なんか……変わった」

アレハンドラの顔が輝《かがや》いた。「そう思う？」

「うん、がらりと」アレハンドラはいまのぼくより五センチほど背《せ》が高い。髪《かみ》がのびて、顔も昔よりほっそりしてる。それに前より……成長してる。

ぼくの視線《しせん》が胸《むね》のあたりでとまってるのに気づいて、アレハンドラがからかうように笑った。「そうそう、これも前はなかったよね。エストロゲンのおかげ！」

「そうか……おめでとう、だよね？」ぼそぼそといった。こっちはぜんぜん成長してない。椅子《いす》にどすんと腰《こし》を落とし、床《ゆか》に飲みこまれて消えてしまいたくなった。みんなで鬼《おに》ごっこをしてジャングルジムを飛びまわってたころがとつぜん懐《なつ》かしくなった。

「ありがと」アレハンドラがまた笑った。今度は素直《すなお》にうれしそうだ。ぼくを上から下まで見てきいた。「で、いまは何年生？」

「六年」

「そうなんだ。もうテストステロンはじめた？」

「はじめたばっかり」正直にいった。

アレハンドラが、それはよかったというようにうなずく。「楽しみだね。そのうちがらりと変わってくるから」

「だといいんだけど」といったところでアレハンドラの笑い声がやみ、まとめ役の男の人がしゃべりだした。二十代の前半くらいでテレンスだと名乗った。ティーンエイジャーを専門《せんもん》に扱《あつか》うソーシャルワーカーだという。「ここは安全だからね。ここで口にしたことはだれにも話さない決まりで、ご両親にも知られることはないよ。さあ、じゃあだれから話そうか？」

ぼくは椅子《いす》の上にでれんとすわってる。学校と同じで、みんなの前で自分のことを話したがるやつはいないものと思ってた。ところが驚《おどろ》いたことに、アレハンドラがいきなり話しだした。「新しい男の子とつきあいはじめたんだけど、いつほんとうのことをいおうかなって」

それから順番に、ほかの子たちが自分のデート経験《けいけん》について話していく。長くつきあってきて、この相手なら信用できると確信《かくしん》してから打ち明ける。それが大半の意見だった。

「だけどアランはだめだった」ある女の子がいう。つけてる名札にはエマと書かれてた。

涙《なみだ》をぼろぼろこぼし、のどをつまらせながら先を続ける。「打ち明けてすぐ、ふられちゃった。それからアランがみんなにいいふらして。学校に行けなくなっていまは自宅《じたく》で勉強を教えてもらってるの」

わかるわかると何人かがつぶやき、アレハンドラもうなずいてる。なぜこの部屋にもティッシュの箱がいくつも置いてあるのか、ふいにわかった。話題はデートのことから、自宅学習《じたくがくしゅう》の話に移《うつ》った。学校でいじめられるせいで、家で勉強するしかなくなった人間がどれくらいの数にのぼるのか、情報《じょうほう》が交換《こうかん》された。

アメリカンフットボールをやってた男子生徒が、以前、練習の前、更衣室《こういしつ》でチームメイトに責《せ》められた話にふれたとき、ぼくも話すことにした。「じつは、ぼくも似《に》たような経《けい》験《けん》があって。ただ……なんとかカバーしたと思う。つまり……ぼくの身体が……ちがうってことはだれにもわからなかったはず」

全員が、共感のこもった目でぼくを見つめる。「じゃあ、そのあとも自然にそこにもどれたんだ？」テレンスがきいた。

「うん。まあそうだと思う」ぼくは肩《かた》をすくめた。「ひとり、またからんでくるだろうなっていうやつはいるけど、ほかのメンバーは友だちだよ。少なくともいまのところは」

「シェーンは恵《めぐ》まれてるよ」とアレハンドラ。

テレンスが先を続け、安心して生活できることが大事だといい、自分を守る方法について話した。けれどもぼくは半分もきいてない。ぼくが話しだしたときにアレハンドラが腕《うで》をのばしてきて、ずっとぼくの手をにぎってるから。信じられないような爪《つめ》だった。長くのばしてて、複雑《ふくざつ》な模様《もよう》に塗《ぬ》ってある。こんなふうに仕上げるにはどのくらいの時間がかかるのか。自分でやってるのか、それとも人にやってもらうのか。なぜか気になってしまう。

残りの時間は飛ぶようにすぎていって、気がつくとテレンスの先導《せんどう》で、みんな声を合わせて宣言《せんげん》してた。「ありのままの自分でいいんだ!」と、いつも会の締《し》めくくりに唱えるのだ。ちょっとマヌケな感じもしたけど、ぼくもみんなといっしょに唱えた。アレハンドラはようやくぼくの手を放して、かがんで帰りじたくをはじめた。ぼくはリュックをつかんで立ちあがった。「じゃあ、また」

アレハンドラがにっこり笑う。「シェーン、もどってきてくれてほんとうによかった。更衣室《こういしつ》のことはつらかったね。ほんとムカつく」

「うん」胸《むね》がチクリとした。月曜日にまた更衣室《こういしつ》に入ることを考えると、やっぱり緊張《きんちょう》する。

「相談相手はできた?」とアレハンドラ。

「え、何？」よくわからない。

「ここに通う子たちのほとんどは、悩《なや》みを相談する相手を持ってるんだ」テレンスがやってきて説明する。「いつでも連絡《れんらく》して、気持ちをわかってもらえる相手がいるだけで、ずいぶんちがってくる」

「なるほど」ぼくはいって、立ったまま足をもじもじさせる。「それはいいかもしれない」

アレハンドラがショッキングピンクのスマートフォンをかかげる。「だれにきいたって、その相手に一番ふさわしいのはあたしね。すでにお互《たが》いのことをよくわかってるんだから」そういって片目《かため》をつぶってみせるので、こっちも調子を合わせてくすっと笑った。

「じゃあ、番号とアドレス教えて」

「了解《りょうかい》」ぼくの教えた番号を、アレハンドラがあの芸術作品《げいじゅつさくひん》のような爪《つめ》をひらめかせて、スマートフォンに打ちこんでいく。ほかの子たちも何人か番号を交換《こうかん》してた。ぼくはアレハンドラが相談相手になると買って出てくれたのがうれしかった。

「これでよしと。じゃあ、いまメール送るから」アレハンドラは、すぐにメールを送ってきた。もちろん絵文字つき。立ちあがってスカートのしわをのばすと、アレハンドラがいった。「そのいやなやつがまた面倒《めんどう》を起こしたら、あたしに電話して。いいね？　でもって、あたしを無視《むし》しようなんて考えないこと。メールしたら、必ず返信する。わかった？」

「わかった」ぼくがいうと、またにこっと笑った。

アレハンドラがすばやくかがみ、ぼくのほおにチュッとキスをする。「じゃあね《チャオ》、ハンサムくん《グアポ》」とスペイン語でいって、さよならがわりに指先をひらひらさせる。

ぼくはまた椅子《いす》にすわりなおした。しばらくすると室内はからっぽになった。母さんがいったとおりだ。来てよかった。ここ数年は、みんながぼくを男として扱《あつか》ってくれるので、自分がトランスジェンダーであることを忘《わす》れることもあった。思いだしたときには、たいてい自分を恥《は》じる気持ちがわいてきた。ディランとニコのせいで、そういう過去《かこ》のいやな感情《かんじょう》がまた一気にもどってきた。

けれども、トランスジェンダーの子のなかには、自分がこういうふうに生まれてきてラッキーだという子もいた。トランスジェンダーであることが、自分をユニークでスペシャルな存在《そんざい》にしてくれるから、もし変われるとしても変わりたくないとまでいった。

自分がそんなふうに思えるかというと、自信がない。でもそういう考え方もあるんだとわかって気が楽になった。

16

「おい、見ろよ。でぶっちょのスパイダーマンだ」口いっぱいにピザをほおばりながらジョシュがいう。

見れば、赤と青の配色のきつきつのコスチュームに巨体《きょたい》を押《お》しこんだ男がいた。スパイダーマンのマスクの下からあごひげがひょろりと飛びだしてる。日本人の女の人ふたりの腰《こし》に腕《うで》をまわし、写真撮影《しゃしんさつえい》の最中だ。女の人たちは、仲間のかまえるカメラにこわばった笑《え》みをむけてる。「あの人たち、あとでお金取られるの、知ってるのかな」

「そしたら、でぶっちょのスーパーマンに助けを求めればいい」ジョシュがいって、同じような肥満体《ひまんたい》をスーパーマンのコスチュームに押《お》しこんだべつの男を頭でさす。日曜午後の遅《おそ》い時間で、ぼくらはハリウッド&ハイランドにあるピザ屋の前にすわってる。ウォーク・オブ・フェーム（有名スターの名が刻《きざ》まれた星型のプレートが埋《う》めこまれている歩道）のとなりにあるショッピングセンターは、そう大きくはないけど、奇抜《きばつ》なコスチュームに身を包んだ人たちのおかげで、楽しい時間がすごせる。今日はスポンジ・ボブがふたりに、超人《ちょうじん》ハルク、海賊《かいぞく》ジャック・スパロウ、『セサミ・ストリート』のエルモもいる。観光客は五ドルを手わたして、うれしそうにいっしょに写真を撮《と》ってもらってる。その気持ちがぼくには理解不能《りかいふのう》だった。

「ああいうのがぜんぶそろえば、ヒーロー物のおもしろいコミックができるんじゃないかな？　ヒーローは全員でぶっちょ」ぼくはいった。

「ああ」ジョシュがいう。「『ゴッサム』の「救出作戦」みたいな。でもって、悪者は純粋《じゅんすい》にいやなやつ。『X-MEN《エックスメン》』のマグニートーに対して、こっちはムカツキートー」

「ニコなら、ムカツキートー役をりっぱにこなせる」いったそばから、人をこばかにする、やつの薄《うす》ら笑《わら》いが目に浮《う》かぶ。ニコのことを考えただけで胃がねじれてきて、取りあげたピザを皿に置いた。「やつの超能力《ちょうのうりょく》は、あのくさい息だな」

ジョシュがゲラゲラ笑った。「いえてる。でもって、ディランがそのマヌケな相棒《あいぼう》だ」

ぼくも声をあげて笑った。あのふたりがマントとマスクをつけた姿《すがた》を想像《そうぞう》すると、脅《おび》えるほどの相手じゃないと思えてくる。

「おまえの超能力《ちょうのうりょく》はなんだ？　これは武器《ぶき》になるってやつ」

「わからない」うそをついた。ほんとうはずっと昔からわかってる。迷《まよ》いつつ、思いきっていってみる。「たぶん、なりたいものになれる力じゃないかな」

「おっ、いいねえ」ジョシュがうなずいた。「だが飛べるほうがもっといい」

「たしかに、飛べたらすごい」ぼくもいった。なりたいものといってジョシュが思《おも》い浮《う》かべるのは、アイスマンやチーターなんかだろう。ここでほんとうのことをいってしまったらどうか。このところ、絶好《ぜっこう》の機会が何度もめぐってきてるのに、どうしてもおじけづいてしまう。たとえ親友であっても、どういう反応《はんのう》をするかまったくわからない。それがすごく恐《おそ》ろしかった。でも先のばしにすればするほどいいづらくなる。一番親しい相手に、自分の一番重要な部分を隠《かく》し続《つづ》けるのは、うそをつきとおすのと同じことじゃないか？ざっくばらんに打ち明けるべきじゃないか？

深く息を吸《す》って、さあいうぞと思ったところで、ジョシュが口をひらいた。「で、マデリンとの夕食会はどうだった？」

一瞬《いっしゅん》ためらってからいった。「まあ、よかったんじゃないの」

ジョシュが大きな音を立ててソーダの残りをすする。「キスはしたか？」

マジか？　と、ジョシュの顔を見る。「目の前にマデリンの両親がいるんだぞ」

「じゃあ、手をにぎっただけか？」

「それもない」椅子《いす》の上で身体をもじもじさせる。

「おいおい」ジョシュが首を横にふってため息をついた。「アドバイスを求めたところで、おまえじゃ頼《たよ》りにならないってことか」

「だまれ」ぼくはジョシュにストローをはじいてやった。

ストローを打ちかえしてジョシュが続ける。「父ちゃんにきいたほうがいいかもな」

「そうだな」と、まじめにいったら、ジョシュが笑った。

時間も遅《おそ》くなってきたから支払《しはら》いをすませ、それから人ごみをぬけていく。ふたりとも家は地下鉄でふたつ先の駅だ。母さんはぼくが地下鉄に乗るのをよく思わない。でも時間が六時前で、ジョシュもいっしょならいいといわれてた。

改札のゲートにタッチして、ちょうど駅にすべりこんできた列車に走って乗りこむ。ほとんどがらがらの車内で、ボックス席にむかいあってすわった。「あのさ、マデリンってナオミと友だちだよな?」しばらくしてジョシュがいった。

「うん、そうだと思う。なんで?」ナオミも同じクラスだった。

「いや、そうかなと思って」ききとりにくい声が次の停車駅をアナウンスするなか、ジョシュは先を続ける。「あの子、オレのこと何かいってなかったか?」

「あの子って、マデリン?」わけがわからない。

ジョシュがむっとしていう。「ちがう、ナオミだ」

おっと、そういうことか。ジョシュのやつ、さりげなさを装《よそお》いすぎて、かえって失敗してる。「ナオミのこと、好きとか？」

ジョシュは肩《かた》をすくめてクールなふりをするけど、ほおが真っ赤になってる。「ちょっといいかなって」

「やっぱそうだ！」ぼくはゲラゲラ笑った。「好きなんだ！」

「だまれ」さらに赤くなる。

からかってやろうかとも思ったが、マデリンのことをそっとしておいてくれたんだから、それは卑怯《ひきょう》というもんだ。「ナオミ、いいと思うよ」

「そうなんだよ」ぼくの目を見ずにいう。「だから、さりげなくさぐりを入れてほしいんだ。あからさまにきかずに」

「うん、それくらい超《ちょう》かんたんだよな」と皮肉をこめていい、ぐるりと目をまわしてみせた。

「やっぱいい」ジョシュがぶすっという。

「おいおい、冗談《じょうだん》だって」

「ほんとにいいから。オレのいったことぜんぶ忘《わす》れてくれ」

降車駅《こうしゃえき》でおりるときも、ジョシュはぼくの顔をほとんど見なかった。階段《かいだん》を上がって地上に出たところで、ジョシュにいう。「なあ、ケンカはやめようよ」

「ああ、そうだな」あいかわらず目を見ずにいう。

「おい、待て」ジョシュの腕《うで》をつかんでひきとめた。「どうしたんだよ?」

「べつに」ジョシュがぼそっという。「ただ……おまえにはもうガールフレンドがいて、家族といっしょに夕食食ったりなんかしてる……。それでなんとなく、のけ者にされるような気がしてるのかも」

まだ外は明るいのに、街灯がぱっとついた。「のけ者になんかするもんか」

「ああ、わかってる」ジョシュは歩きだした。

ぼくの家は反対方向だったけど、ジョシュについていく。「ちょっと待って。まじめな話、ジョシュは親友だ。それはずっと変わらない」

それをきいて、ジョシュが足をとめ、ぼくの顔をまじまじと見た。「そりゃ、変わるだろ。おまえらはしょっちゅういっしょにいて、オレはおまえにほとんど会えなくなる。それがムカつく」

「そんなことにはならない」きっぱりといった。「チーム・ジョシューン。だろ?」そういって、こぶしをジョシュの目の前につきだした。

ジョシュはじっとそれを見てから、しぶしぶ自分のこぶしをぶつけてきた。「チーム・ジョシューン」

「じゃあ、またあしたな」

「ああ、じゃあな」

家に着くと、母さんがリビングに置いてある読書用の椅子《いす》に腰《こし》をおろしてた。ひざの上に本をひらいたまま、ぼうっと前を見つめてる。

「ただいま、母さん」

はっとわれに返り、「あっ、おかえりなさい」といった。

疲《つか》れきってるようすだ。ぼくはそばにいって、ぎゅっと抱《だ》きしめた。「大好きだよ」

母さんも抱《だ》きかえしてきた。「わたしもよ」

ぼくの頭をぐりぐりなでたところで、母さんのスマートフォンがメールの着信を知らせた。ぼくはちらっと目をやり、「クリスってだれ？」ときく。

母さんがまた悲しそうな顔になった。「ああ、ちょっとした知りあい」

「デートしてる相手？」ぼくは押《お》してみた。

母さんは無理矢理《むりやり》笑顔をつくった。「ええ、デートしてた人。ちょっとだけ。でもうまくいかなかった」

「でも、まだメールしてきてる」そういってスマートフォンをあごでさす。

「そうね」母さんも見て眉《まゆ》をひそめた。

「なのに、どうしてうまくいかなかったっていうの？」

「山ほどの理由があってね」そういってふーっとため息をつく。「大人になると、恋愛《れんあい》はもっと複雑《ふくざつ》になる、とてもいっておきましょうかね」

「ぼくらだって、かなり複雑《ふくざつ》だけど」ジョシュのことを思っていった。

母さんが声をあげて笑った。「なるほど。そのとおりね。いつだって、一筋縄《ひとすじなわ》じゃいかない」

「で、何が問題なの？　相手のこと、好きなんでしょ？」

母さんがくちびるをかんだ。「すてきな人よ」

「じゃあ、電話しなよ」ぼくはいった。父さんはサマーとつきあいだしてから、前よりまちがいなく幸せそうだ。母さんだって幸せになる権利《けんり》がある。

「それは命令かしら？」冗談《じょうだん》っぽくいう。

「そう」ぼくは母さんの頭のてっぺんにキスをした。「がんばって、母さん」

「そうね、シェーン」

母さんが電話で話す声がするまで、ドアの外で待ってみた。しばらくすると笑い声も響《ひび》いてきた。ぼくはにんまりして、自分の部屋へひきあげた。

17

翌朝《よくあさ》ジョシュの家に行くと、ジョシュはもう外に出てて、家の前をせかせかと行ったり来たりしてた。何やらかんかんに怒《おこ》ってるようすだ。

「どうした？」ぼくはきいた。

「これ、見たか？」ぼくの目の前にスマートフォンをつきだしてきた。近すぎて一瞬《いっしゅん》ぼやけたけど、目の焦点《しょうてん》が合うと同時に心臓《しんぞう》がとまった。

二年生のときのぼくの写真だった。ピンクのシャツを着て、ロングヘアの巻《ま》き毛《げ》が滝《たき》のように肩《かた》へ落《お》ちてる。その下にぼくの名前が記されてて、さらにその下にだれかが、「女だ！！！」と書きこんでる。

「どうしたの、これ？」自分の声が他人の声のように妙《みょう》にくぐもってきこえ、めまいがしてきた。

そんなぼくの動揺《どうよう》にジョシュは気づいてない。両手をぱっとふりあげて、「どうしたもこうしたもない。全校生徒が見てる！　ニコが送ったんだ」

全校生徒。

マデリンと、野球チームの大半のメンバーはこのメールで起こされたはず。

ひざがガくがくしてきて、縁石《えんせき》にくずれるように腰《こし》を落とした。また世界ががらがらとくずれていく。息が苦しくなって、いまにも吐《は》いて失神してしまいそうだった。このまま横になって死んでしまいたい。

ジョシュがぼくのとなりにすわって、心配そうな顔をする。「おい、落ち着け。フォトショップで加工したって、だれが見たってわかる」

「え？」意味がわからない。

「しっかりしろよ」ジョシュがあきれた顔をする。「こんなもの、五分もあれば、オレだってつくれる。スナップ写真を手に入れて、シャツの色を変えるだけ」そういって指をパチンと鳴らす。「髪《かみ》はヅラだな」

ぼくはジョシュの顔をまじまじと見た。「ヅラ？」

「ああ」ジョシュが眉《まゆ》をよせる。「カツラの写真を合成したんだ。ニコのいやがらせ以外の何物でもない。これでおまえが動揺《どうよう》して、地区トーナメントをふいにすると思ってるんだ」

やっとのことでうなずいたけど、でも「ほんとうなんだ」と、それしか考えられなかった。

「試合に出られなくなる心配がなかったら、マジでなぐってやるのに。おい、シェーン、だいじょうぶか？」

まったくだいじょうぶじゃなかった。こんなにだいじょうぶじゃないのは初めてだ。家に逃《に》げ帰《かえ》って、部屋に鍵《かぎ》をかけて閉《と》じこもりたい。「気分が悪くなった。家に帰る」

「冗談《じょうだん》いうな」ジョシュがいって、首をぶんぶん横にふる。「ニコに負けていいのか。さあ、行くぞ。急がないと遅刻《ちこく》だ」

ぼくはぽかんとしてジョシュの顔を見る。どうして学校へなんか行ける？　みんなはこの話題で持ちきりのはず。それにジョシュとちがって、みんなはフォトショップでつくった合成写真だなんて思わないだろう。「だけど、ジョシュ、ぼくは――」

ジョシュが片手《かたて》をさしのべる。「オレがついてるからだいじょうぶ。チーム・ジョシューン、だろ？」

ためらったけど、ジョシュに手を引かれるままに立ちあがった。ふたりとも無言で歩く。一歩前へ進むごとに、身体がすくんでいく。教室を埋《う》めるみんながいっせいにぼくを指さしてあざける場面が頭に浮《う》かぶ。ものが飛んできて、つばを吐《は》きかけられる。もうシェーンとは二度と話したくないと、マデリンにいわれる。

ほおの内側をかんで泣かないようにする。途中《とちゅう》ジョシュにひじをつかまれた。うっかり車の前に飛びだしそうになったらしい。ジョシュは何もいわず、それでかえってつらくなる。歩きながらずっと、ジョシュにはほんとうのことを話すべきだと、それぱかり考えてた。こんなことになってもジョシュはまだぼくを守ってくれてるというのに、ぼくはずっとうそをつき続けてる。

とうとう学校に着くと、グラウンドにかたまった生徒の一団《いちだん》が、始業のベルが鳴るのを待ってた。みんながこっちをじろじろ見てるのが肌《はだ》で感じられ、ひそひそ話す声が今日は特に多い。ぜったい気のせいじゃない。

ジョシュが一番近くにいる女の子たちをにらみつけて威圧《いあつ》し、ぼくに身をよせて、小声できっぱりいう。「なんでもない顔をしてろ」

それから、さあ行けと、ひじでドアのほうへつっつかれた。ほとんどよろけながら自分のロッカーへむかう。まるで手足の自由がきかなくなったような感じだ。廊下《ろうか》は混雑《こんざつ》して て、通りかかるみんなが、必ずぼくをじろじろ見ていく。顔を伏《ふ》せたまま、とにかく無視《むし》しようと思うけど、切れ切れに会話が耳に飛びこんでくる。

「やつのこと、ニコのいとこが知ってるんだって。やつじゃなくて彼女《かのじょ》か。いったいどうなってんだ？」

「なんとなくカワイイよなって、ずっと思ってたんだ。そう思わないか？」

「信じらんない、マデリンかわいそー……だってそうでしょ？」

手がひどくふるえて、三回目でようやくロッカーがあいた。リュックをなかに入れて、一時間目の授業《じゅぎょう》につかう教科書類をひっぱりだす。うつむいてホームルームの教室へむかいながら、ここにいるのは大きなまちがいだとずっと思ってる。

教室に入ったとたん、ざわざわしたしゃべり声がぴたりとやんだ。マデリンがいつもの席にすわってる。ぼくが入っていくと、ちょうど顔を上げた。そこに、ある表情《ひょうじょう》がよぎった。驚《おどろ》き？　それとも幻滅《げんめつ》？　それから大げさに手招《てまね》きしてぼくを呼《よ》びよせた。

行くしかない。すでにほかの席は埋《う》まってる。机《つくえ》の前にすべりこむと、マデリンが声をかけてきた。「ハイ」

ぼくから身体を離《はな》してるのはわざと？　「ハイ。夕食ありがとう」

「どういたしまして」あやふやな笑顔だ。

それから気まずい沈黙《ちんもく》が広がった。ぼくは小声でそっときく。「ニコから送られてきたメール、見た？」

ちょっとためらってから、マデリンがうなずいた。

ぼくは何もいえなかった。マデリンのほうは、期待するような顔でぼくを見てる。説明を待ってるんだ。

「シェーン・ウッズ?」

自分の名前がきこえてきて、はっとする。ピーターズ先生が教壇《きょうだん》に立って心配そうな顔をしてる。「はい?」

「ニューウェル校長先生がお呼《よ》びだ」

「あ、はい」ぼくが教科書をかたづけだすと、教室内にざわめきが広がった。

「静かに!」先生がいい、授業中《じゅぎょうちゅう》に教室を出てもいいという許可書《きょかしょ》をぼくにわたしてくる。

廊下《ろうか》にはだれもいなかった。朝食に食べたオートミールがのどの奥《おく》にせりあがってくる。トイレに入りたかったけど、きっとだれかいるだろう。

校長室に呼《よ》ばれるのは初めてだった。写真の件《けん》にちがいない。たぶん生まれたときの性《せい》別《べつ》をいつわってるのは規則《きそく》に反することで、ぼくは学校から追いだされるんだ。こうなってしまったからには、そのほうが気が楽だ。

ニューウェル校長先生はデスクを前にしてすわってた。背《せ》が高くてひょろひょろして、てかてか光って見える黒髪《くろかみ》が、まばらに頭をおおってる。いつも三つぞろいのスーツを着て蝶《ちょう》ネクタイを締《し》めてる。ぼくが入っていくと、「かけなさい、シェーン」といった。

ふりかえって凍《こお》りついた。デスクにむきあうように置かれた椅子《いす》のひとつに、ニコがすわってる。ぼくの顔を見てせせら笑いを浮《う》かべた。ぼくはにらみかえし、椅子《いす》に緊張《きんちょう》してすわった。

校長先生が両手を組みあわせた。「ニコ、きみは昨夜大勢《おおぜい》のクラスメイトにシェーンの写真を送ったときいている」

「それが？」とニコ。

校長先生のまなざしが険《けわ》しくなった。「ニコ、この学校ではいじめはぜったいに許《ゆる》されない」

ぼくは椅子《いす》の上で背《せ》すじをのばした。立場が悪いのはぼくのほうじゃないらしい。まるで自分の足にムカついてるみたいに、ニコは下をむいて自分の足をにらみつけてる。

校長先生が口をひらく。「ニコ、何を考えて、この写真を送ったのかね？」

ニコが頭をキッと持ちあげた。「何を考えて？」

「そうだ」校長先生の声は不気味なほどおだやかだ。

「そりゃあ、シェーンは男だと思ってたのに、実際《じっさい》は……えっと、なんていえばいいのか」

それからいどむようにいった。「……レズってやつですか？」

ぼくの呼吸《こきゅう》がとまった。ニコの口から出た言葉じゃなく、その口調が胸《むね》に刺《さ》さった。これほど強い嫌悪《けんお》がこもった声をきいたのは初めてだった。

「ニコ！」校長先生が激怒《げきど》した。口調が、とつぜん厳《きび》しいものに変わり驚《おどろ》いた。「きみにはこの学校に転入するときに、はっきりさせておいたはずだ。わが校では、きみが前の学校で行っていたようなふるまいは、断《だん》じて許《ゆる》さないとな」

「ちょっと待って、オレは真実を話そうとしてるだけです。なんで彼女《かのじょ》にはきかないんですか？」

「いいかげんにしないか！」校長先生が顔を真っ赤にして怒《おこ》った。

ニコは椅子《いす》の上でふんぞりかえって腕《うで》を組む。まだぼくの顔を見ようとはしない。それはぼくのほうにも都合がよかった。なにしろ腹《はら》をパンチされたような気分だったから。

ショックが顔に出てしまったようで、校長先生がさっきとは打って変わった優《やさ》しい口調でいう。「すまないね、シェーン。こんなひどいことになるとは予期していなかった」

「いいんです」ぼくは力なくいったけど、ニコの言葉がまだ頭のなかでじんじん響《ひび》いてた。

「ニコ、あらためてきみのご両親を呼《よ》んで、話をしようと思う」先生がいう。そこでうっかり舌打《したう》ちしたニコが、また先生ににらまれる。「きみは停学だ」

「ふざけてる！」ニコがいって、椅子《いす》から勢《いきお》いよく立ちあがった。

「外の控《ひか》え室《しつ》で待っていなさい」先生がきっぱりという。「もしそこでおかしな気を起こしたら、警備《けいび》の人間を呼《よ》ぶ。そうなったら、こまるのはきみだぞ」

ニコが消えると、校長先生が椅子《いす》に背《せ》をあずけた。先生も怒《いか》りでふるえてるようだった。

「だいじょうぶかな、シェーン？」

ぼくは椅子《いす》の上でもじもじした。「あまりだいじょうぶじゃないです。ニコはどうなるんですか？」

「正直なところ、まだはっきりしたことはいえない」先生はそういって小さく笑った。「いろいろ大変な思いをして、きみも家に帰りたいだろう。わたしから、お母さんに連絡《れんらく》しようか？」

あごがふるえた。母さんといっしょにソファーにすわって、くだらないテレビを見ながら話をする場面が頭に浮《う》かぶ。今回のことにはぜったいふれないよう、何か話題を見つけて……。

だけど学校では、そのあいだもうわさが飛びかうだろう。ジョシュは正しい。隠《かく》れてても、なんの解決《かいけつ》にもならない。遅《おそ》かれ早《はや》かれ、いずれ問題とむきあわないといけない。正直いって、後回しにしたいけど、そう思ってる自分が情《なさ》けなくなる。「教室にもどります」

「本気かね？」校長先生がぼくの顔をまじまじと見る。

「はい」

「わかった。じゃあ、わたしとは話がついてるからと、担任《たんにん》の先生に連絡《れんらく》しておこう」

校長室を出ようとしたところで「シェーン」と呼《よ》びとめられた。

ぼくはふりかえった。「はい」

またあいまいな笑《え》みを浮《う》かべてる。「一応《いちおう》いっておくが、きみのプライバシーを守る規則《きそく》はたくさんあるからね。もしわたしに何かできることがあったら、えんりょなくいってほしい」

ぼくはなんとかうなずいた。

一時間目の授業《じゅぎょう》は半分終わってる時間で、数学のテストが受けられなかった。あとで追試を受けることになる。それも引き続き学校へ通うことになればの話だけど。一歩前へ進むごとに、勇気がどんどんしぼんでくる。ニコからぶつけられたひどい言葉が頭のなかでずっとこだましてて、まるで何かおぞましいもの、人間じゃないものを見るようなニコのまなざしが、まぶたの裏《うら》に焼きついて離《はな》れない。ふいに、この学校に毎日通うことが耐《た》えられないことのように思えてきた。たとえニコが放校処分《ほうこうしょぶん》になったとしても、うわさは残る。だれももう、前と同じ目でぼくを見てはくれなくなる。

廊下《ろうか》はまだがらんとしてた。手近のロッカーにどっしりよりかかり、片手《かたて》で顔をぬぐった。これほど強い敗北感を覚えたのは初めてだった。

スマートフォンがメールの着信を知らせる。ひっぱりだしてみると、アレハンドラからだった。

——助けて。いま、ママに代数学を教えてもらってるんだけど、まちがいだらけ！

ぼくは目をぎゅっとつぶってスマートフォンをひたいに当てる。ほんとうはマデリンがメールを送ってくれたのかもしれないと期待してた。国語の授業中《じゅぎょうちゅう》だとわかってはいても。

またスマートフォンがふるえた。

——ルール忘《わす》れたの？　返事を送りなさいよ！

一瞬《いっしゅん》ためらってから返事を打つ。

——学校でめちゃくちゃひどいことがあった。

——ひどいことって？　だいじょうぶ？

——あいつに二年のときの写真をばらまかれた。

長い間があって、それから返事が来た。

——ひどすぎる。シェーン、つらかったね。でもシェーンには味方がいる。そいつはシェーンに嫉妬《しっと》して、いやがらせをしてるだけ。そいつを後悔《こうかい》させてやりたかったら、あたしに任《まか》せて。

笑える状況《じょうきょう》じゃないのに、これには思わず顔がほころんだ。

――ありがと。

――じゃあ、またあとで話そうね。

そのメッセージには、クマの着ぐるみを着た男が側転をしてる動画のスタンプが貼《は》ってあった。ばかげてて、おかしくって、ふしぎと気分が晴れてくる。深く息を吸《す》って胸《むね》をはり、教室へ入っていった。

うわーっ
ウィロビー！
@#%!!
ウィロビーを甘《あま》く見た罰《ばっ》だ！
えいやーっ！

18

「今週はとにかく、集中あるのみだ」と監督《かんとく》。いいながら、つま先立ちで身体をゆすってる。

ぼくらは練習のあとで、更衣室《こういしつ》でしゃがんでた。監督《かんとく》に山ほどの練習を課せられ、徹底的《てっていてき》にしごかれた。一日じゅう好奇《こうき》の視線《しせん》を浴びせられたあと、何も考えずに試合に集中するのは、ある意味、気が楽だった。

「勝とうが負けようがどうでもいい。おまえらがグラウンドでせいいっぱいプレーするならな」監督《かんとく》の話は続く。

監督《かんとく》の話にうなずく声が、いつもより明らかに少ない。チームのみんなはずっとぼくをじろじろ見てて、目が合うと、さっとそらす。だれも何もいわないけど、みんなぼくと距離《きょり》を置いてるのはまちがいなかった。

そんななか、ジョシュだけは、ぼくにぴたりとはりついて、ずっと離《はな》れなかった。

監督《かんとく》がゴホンと咳払《せきばら》いしてからいう。「ニューウェル校長先生からきいたが、ムスタングズの選手がばかげたまねをしたそうだな。まだ詳《くわ》しいことはきいてないが」そこでぼくの顔を見て目をきらりと光らせ、眉間《みけん》のしわがさらに深くなる。「だが、これだけはいえる。われわれはひとつのチームだ。一致団結《いっちだんけつ》して立ちあがり、互《たが》いを守る。それに異議《いぎ》のある者は、今週末はベンチを温めててくれ」

文句《もんく》があるならいってみろと、怖《こわ》い目で隅《すみ》から隅《すみ》までねめつける。ぼくはちぢこまった。

「ディラン？　きみは何かいいたいことがあるようだな？」監督《かんとく》がうなるようにいった。

ぼくはそっちに目をやった。ディランが決まり悪そうに足をもぞもぞさせてた。奥歯《おくば》をかみしめてるみたいに、あごがこわばってる。監督《かんとく》に上から見おろされて、とうとうディランが首を横にふった。

「そうか、よかった。というのも、チームを大事に考えない選手のために時間をむだにするわけにはいかないからな。ほかのみんなはどうだ？」

みんなは互《たが》いの顔をちらちら見た。数名がうなずいた。

「すまない、よくきこえないんだが」監督《かんとく》がいって、耳に片手《かたて》をあてがう。「きみたちにとって、チームは大事か、そうじゃないのか？」

「大事です」今度は大勢《おおぜい》がいった。

みんなの声は監督《かんとく》が望むほどの熱意にあふれてはいなかったものの、とりあえず監督《かんとく》はうなずいて先を続ける。「家に帰って、ゆっくり休め。あしたの練習はもっときついからな」

うえーっという声がちらほらとあがったが、みんな荷物をまとめだした。自分にむけられる好奇《こうき》の視線《しせん》をあいかわらず感じながらも、ぼくはゆっくりバッグのファスナーを閉《と》じた。大人は結局わかってない。いじめはぜったいに許《ゆる》さないと、口でいうのはかんたんだけど、いくらそんな話をしたところで、実際《じっさい》にいじめがなくなるわけじゃない。

強い力で肩《かた》をたたかれた。「シェーン」

監督《かんとく》がぼくの顔をまじまじと見てた。「はい、なんですか?」

「ちょっと残ってくれ」

ぼくはしぶしぶ手をふってジョシュとさよならする。ジョシュがジェスチャーでメールするからと伝えてきたので、ぼくはうなずいた。

監督《かんとく》はみんながいなくなるまで待ってから、まあすわれとうながす。そうして自分はベンチの上に片足《かたあし》をのせて、こっちにぐっと身をよせてきた。「きいたよ。ニコ・パーマーがくだらないうわさをまき散らしてるって」

「ええ、まあ」ぼくはつぶやくようにいった。

監督《かんとく》にさぐるような目をむけられて、決まり悪くてしょうがない。やっかいなのはどっちだろう。陰《かげ》でこそこそうわさをするやつらか。それとも、助言の言葉が見つからない善《ぜん》意《い》の大人たちか。

「モネ・デービスのプレーを見たことあるか？」

ぼくはうなずいた。「はい、あります」モネ・デービスは数年前にリトルリーグのワールドシリーズを完全制覇《かんぜんせいは》した女子だ。実際《じっさい》に彼女《かのじょ》が変化球を投げるときのピッチングフォームを研究したことがある。まちがいなく、変化球のコントロールがぼくの一番の弱点だと自覚してたから。

「ジャッキー・ミッチェルは？　名前をきいたことはないか？」

「いいえ、ありません」

「そりゃ、もったいない」そこで野球帽《やきゅうぼう》をいじり、さらに先を続ける。「三十年代に活躍《かつやく》したサウスポーのピッチャーだ。彼女《かのじょ》は公開試合でベーブ・ルースを三振《さんしん》に仕留《しと》め、ゲーリッグも負かした」

また胸《むね》のなかで心臓《しんぞう》があばれだした。いったい何がいいたい？「ぼくは女じゃない」思わず口から出た。

監督《かんとく》がぼくを横目でちらっと見て、それからうなずいた。「そうだったな」

「ぼくは、ただ……」どう説明したらいいのか、言葉が見つからない。

監督《かんとく》が話をさえぎるように片手《かたて》をあげた。「べつにプライベートな事情《じじょう》を話してもらう必要はない。実際《じっさい》そんなことはさせられない。校長先生からたっぷり注意を受けているからな」

「でも監督《かんとく》――」

「わたしがいいたいのは、きみほどの腕《うで》を持つ選手はめったにいないということだ。そのきみが、今回のことで悩《なや》んで試合に集中できないというなら、なんとかしてやりたいとわたしは思った。いいか、きみが女子であろうと、男子であろうと、なんならカンガルーであったって、わたしはかまわない。きみがいまのように球を投げ続けてくれさえすれば、今度の試合はまちがいなくいいところまで行ける。どうだ、わかるか？」

ぼくはうなずいた。でもカンガルーって⁇

「じゃあ、話はついた」監督《かんとく》はいって両手を打ちあわせた。「あしたもがんばれよ」

迎《むか》えに来た母さんと車に乗ってる時間はつらかった。メールで写真をばらまいたニコに母さんは心底怒《おこ》ってて、ニューウェル校長先生に連絡《れんらく》して、ニコを放校処分《ほうこうしょぶん》にしてもらうと息巻《いきま》いてる。ニコの両親や、サンフランシスコにいる叔父叔母《おじおば》にも連絡《れんらく》してやるといいだした。

母さんが怒《いか》りを爆発《ばくはつ》させればさせるほど、ぼくはみじめな気分になっていく。座席《ざせき》で小さく身を丸めて、指のささくれをむしってる。

「シェーン？」信号待ちをしてるときに、とうとう母さんがぼくにきいた。「だいじょうぶ？」

ぼくは首を横にふった。「だいじょうぶじゃない」

母さんが鼻孔《びこう》をふくらませ、ハンドルを持つ指が白くなるほど力をこめた。「まったくろくでなしだわ。わたしが親だったら――」

「母さん、やめて。何をいってもむだだよ」車がうちの私道《しどう》に入ったところで、ぼくは泣きだした。

母さんが自分のシートベルトをはずして助手席にのりだし、ぼくを腕《うで》のなかに抱《だ》きしめる。ぼくは肩《かた》をひくひくさせ、涙《なみだ》と鼻水がとまらなかった。今日一日のできごとが順繰《じゅんぐ》りに頭に浮《う》かんでくる――ジョシュのスマートフォンの写真。みんなの視線《しせん》。ひそひそ話。ニコからのひどい言葉。監督《かんとく》との話。もう何も前と同じようにはいかないと、実感して衝《しょう》撃《げき》を受ける。もうぼくが安心できる場所はどこにもない。

こうやってめそめそ泣いてて一番つらいのは、自分が女子みたいに思えることだ。男は泣かないってわけじゃない。でも理想の世界と現実《げんじつ》の世界はちがってて、理想の世界ではめそめそしてる男は情《なさ》けない。

長いこと車のなかですわってた。母さんとぼくだけ、透明《とうめい》なドームのなかに入ってるみたいで、外から何も侵入《しんにゅう》してくることはできない。こうやって車のなかで永遠《えいえん》に生きていければいいのに。

ようやく収《おさ》まってきた。手の甲《こう》で鼻水をぬぐう。ダッシュボードの小物入れから母さんがティッシュを取りだした。「落ち着いた？」

「少し」

「よかった」

玄関《げんかん》に入っていったところで、ぼくのスマートフォンが鳴った。だれとも話す気分にはなれなかったけど、かけてきたのはアレハンドラだった。

「もしもし？」ぼくは電話に出た。

「ハイ、グアポ」どこか騒《さわ》がしい場所にいるようで、ぺちゃくちゃぺちゃくちゃと、たくさんのしゃべり声がきこえる。「気分はどう？」

「だいじょうぶ」いいながら、自分の部屋へむかった。

「ほんとに？　声からすると、ぜんぜんだいじょうぶそうじゃないけど。ねえ、ちょっと、静かにしてよ！」とつぜんどなった。ぼくは顔をしかめて電話を耳から遠ざけた。アレハンドラはスペイン語でどなってる。少し静かになると、電話にもどってきた。「まったくいやになっちゃう。あたしがどれだけ大変か、わかんないよね。この家には人間が多すぎるの」

「いま家？」ぼくはいって、ベッドにバタンと倒《たお》れた。うるさいから、レストランか駅かなんかだと思ってた。

「うん、そう。弟と妹が三人いて、いまは叔母《おば》が泊《と》まりに来てる。とにかくうるさいのなんのって。ちょっと待ってて」ドアが閉《し》まる音がして、かなり静かになった。「これでよしと。で、だれかがシェーンの写真を送ったんだって？」

「そう。ぼくが前に通ってた学校に、そいつのいとこたちが通ってて、アルバムを見せたらしい。それをほぼ全校生徒に送りつけた」胃のなかの鉛《なまり》の玉が重くなった。声に出していうと、さらに現実味《げんじつみ》を増《ま》してきた。「なんでそんなことをしたのか、わからない。何度か試合で三振《さんしん》を奪《うば》ったことがあって、その仕返しをされたのかも……」

「あるいは、そいつが単なるゲス野郎《やろう》なのかも」アレハンドラはそこでちょっと間を置いてから、先を続ける。「それとまったく同じようなことが、あたしにもあった」

「それで自宅学習《じたくがくしゅう》になったの？」ぼくはきいた。

「まあね。つらすぎて学校に行けなくなった、わかるよね？」

「すごくよくわかる」あした学校へ行くと考えただけで、胃が締《し》めつけられてきりきりする。

「ねえ、いまからそっちへ行こうか？」

「ここへ？」びっくりしてきいた。

「それかどこかで待ちあわせるとか。あたし、お腹《なか》がへっちゃって。オキ・ドッグはどう？」

オキ・ドッグはぼくの家のすぐ近くにあるホットドッグ屋だ。歩いて行ける距離《きょり》だった。

「出られるかどうか、ちょっとわからない」時計に目をやる。もうすぐ六時で、宿題のこともすっかり忘《わす》れてた。宿題なんか、まったくやる気は起きない。だけどお腹《なか》もあまりへってない。

「じゃあ、出られるようだったら、メールしてくれる？」

「うん、わかった。できるだけ行くようにする」

「よかった。ところでシェーン？」

「何？」

「そんなやつに負けないで」

電話が切れた。メールの着信を確認《かくにん》したら、ジョシュから二件届《けんとど》いてた。いつもと変わらない野球のデータと、ネットで見つけた珍情報《ちんじょうほう》へのリンクがはられてる。マデリンからは一件《けん》も届《とど》いてない。ランチのあと、「いまどうしてる?」というメールを送ったのに。でもホームルームでぼくの席を取っておいてくれた。それって、けっこう大きいんじゃないか? そのあとで気が変わったんじゃなければ。

スマートフォンをひたいに押《お》しつけて、目をかたく閉《と》じる。逃《に》げてしまいたいという衝《しょう》動《どう》がこれまでにないほど強くなる。部屋のドアをあけ、大声でいう。「母さん、夕食は友だちと食べてきていい?」

19

二十分後、オキ・ドッグに到着《とうちゃく》した。小さな店で、テーブルと椅子《いす》もそろいじゃないものが二、三置いてあるだけだ。注文はカウンターでする。ハンバーガー、チーズバーガー、そしてこの店自慢《じまん》のチーズホットドッグとかいろいろある。

アレハンドラのほかには、べつのテーブルにカップルがいるだけだった。アレハンドラはぼくを見るなり飛びあがって抱《だ》きつき、ほおにキスをしてきた。「遅《おそ》い！」大声でいう。

「もうお腹《なか》ペコペコ！」

ミニスカートにデニムのジャケットというかっこう。長いイヤリングが肩《かた》につきそうになってて、ばっちりメイクしてる。ぼくらより年上のカップルが、いったいどういう関係だと、じろじろこっちを見てる。

「やあ」ぎこちないあいさつ。「誘《さそ》いだしてくれてありがとう」

「注文してきて」カウンターに行くよう、アレハンドラが指さす。「あたしはもうすませたから」

オキ・ドッグとコーラを注文してからテーブルにもどって腰《こし》をおろした。

アレハンドラがテーブル越《ご》しに身をのりだし、ぼくの手をにぎった。「さてと、結果的に事実が明らかになったたってわけだね」ぼくの表情《ひょうじょう》を見て、アレハンドラがつけくわえる。「なんて顔してるの、最初の難関《なんかん》を乗りきったんだよ。一番つらい部分をね」

「最初って、まだあるの？」わけがわからずきいた。

アレハンドラが皮肉な笑《え》みを浮《う》かべた。「そう。ふつうの人は初対面の相手に、『ぼくはボブ。男として生まれたんだ』なんていちいちいってまわる必要はないよね？」

「まあ、そうだけど」

「だけどシェーンは大学に行く。そしてたぶん、このことはだまってることにする。でもいずれみんなにわかる」アレハンドラの顔に影《かげ》がさし、声を落としてつけくわえる。「ぜったいにわかる」

「じゃあ、どうするの？　あっさりみんなに打ち明けるの？　それともうそをつくの？」

アレハンドラの両眉《りょうまゆ》がはねあがった。「うそをつくなんて、だれがそんなことといった？」

「いや、つまり……だまってるってことは、うそをついてるのと同じじゃないの？」

アレハンドラは首を横にふり、イヤリングがじゃらじゃら音を立てた。

にわかったの」

「うそなんかじゃない。つまりね、自分はほんとうは女の子だって、あたしは三歳《さい》のとき

ぼくはうなずいた。ぼくがわかったのも同じ年のころだった。

アレハンドラが身をのりだしてきた。「それに、脳《のう》のスキャンもすませた。あたしのような子の場合、男子の脳《のう》よりも、『ふつう』の女子の脳《のう》と似《に》るの。シェーンだって同じだよ。だからシェーンは男」ぼくを指さしていった。「そして、あたしは女。うそをつく必要なんてぜんぜんない」

「ほかの人間はだれもそうは見ない」ぼくは不満をもらし、椅子《いす》の上でうなだれた。

「つまり、みんなばかってこと」アレハンドラがきっぱりという。「自分が理解《りかい》できないことを恐《おそ》ろしいと思う。あたしたちみたいな例はそんなによく知られてないわけだし」

ニコがぼくにむけた目つきと、声ににじんでいた嫌悪《けんお》を思いだす。恐怖《きょうふ》というよりは怒《いか》りを感じてるようだった。まるでぼくらみたいな人間がいるという事実を憎《にく》らしく思ってるような。他人に対してそれだけ悪い感情《かんじょう》を持つということが、ぼくにはうまく想像《そうぞう》できない。「アレハンドラのまわりにも、いじめるやつがいた？　それで学校をやめたの？」

アレハンドラの顔がまた暗くなり、ぼくから目をそむけた。「まあ、いたといっていいかも。人って、とことん意地悪くなるときがある。うちのママは、あたしが五年生のとき

に、女であることを公表するのに賛成《さんせい》してくれた。それでクリスマス休暇《きゅうか》が終わって、また登校するときには、ズボンじゃなくてスカートの制服《せいふく》を着てった。そうしたら、それまで友だちだと思ってた仲間に、めちゃくちゃひどいことをいわれて。毎日なぐられるんで、それを先生に話したら、天罰《てんばつ》だっていわれた」

「マジで？」ぼくはあっけに取られた。「そんなこと先生がいっていいの？」

アレハンドラは肩《かた》をすくめた。「カトリックの学校だからね。だけどシェーンの学校の校長先生は理解《りかい》があるっていってたよね？」

「うん、かなり。ぼくに何をいえばいいのか、言葉にはつまってたけど」

アレハンドラが訳知《わけし》り顔《がお》でうなずいた。「みんなさあ、力になろうとして気をつかいすぎちゃうんだよね。まるで何かこわれやすいものや、腫《は》れ物《もの》にさわるような感じ？　そういう態度《たいど》を取られると、こっちはかえって自分が異常《いじょう》だって感じちゃうのがわかってない」

「ほんとそう」ぼくはいった。「今日監督《かんとく》がいったこと、きかせたかったよ。ぼく、カンガルーといっしょにされた」

「え？」アレハンドラが吹《ふ》きだした。「冗談《じょうだん》でしょ！」

「冗談《じょうだん》じゃないって」首を横にふりながら、どうしても笑いがもれてしまう。「ぼくが女子でも男子でも、カンガルーだってかまわないって、そういったんだ」

アレハンドラがまた身をのりだしてきた。「あした、カンガルーのコスチュームで学校に行けばいいよ！」

ぼくはゲラゲラ笑った。「いい、いい、きっと大ウケだ」

注文したものが出てきた。ぼくはそれをつっつきながらいう。「いろいろあったにしても、ちがう学校に転校しちゃえばよかったのに、どうしてそうしなかったの？」アレハンドラの口もとがこわばるのを見て、ぼくはあわてていいたした。「いや、自宅学習《じたくがくしゅう》もいいけどさ、でも……その、だれも自分のことを知らない学校へ行くって手もあったんじゃないかって」

アレハンドラは自分の爪《つめ》に目を落としてる。今日はピンクに塗《ぬ》ってあって、すごくきらきらしてた。「問題はね、あたしの育った環境《かんきょう》にあるんだ……男として生まれてきた人間はある種の期待がかけられる。自分は女だって打ち明けたら、何か月もママに泣かれた。それからおばあちゃんといっしょになって、あたしのために祈《いの》りだしたの。あたしが男の服を着るようになりますように……とかなんとか。わかってもらうのに、ものすごく長い時間がかかった。ようやくわかってくれて、状況《じょうきょう》がよくなってきた矢先に……」アレハンドラの顔に影《かげ》が広がる。「学校で、ものすごくいやなことがあった」

「何？」

「もういい、話したくない」首をはげしくふった。「とにかく、戦うのにうんざりした。いつも疲《つか》れてて、怒《おこ》ってばかりいる。でもって、自分がどんどんいやな人間になっていくのがわかった」

これから何か月も、いや何年も、ずっとこういう気持ちでいたらどうなるだろう。やっぱり自分も変わってしまうだろうと想像《そうぞう》がついた。「ぼくの学校に来るといいよ」ぼくはいった。「カンガルーのコスチュームを貸《か》してやってもいい」

アレハンドラが椅子《いす》に背《せ》をあずけて大笑いした。ぼくもいっしょになって笑った。カップルと厨房《ちゅうぼう》にいる店員さんたちがけげんな目をむけてきたけど、気にしない。アレハンドラを笑わせることができて気分がよかった。

笑いが収《おさ》まると、胸苦《むなぐる》しさがもどってきた。ぼくはため息をついた。「結局、どうしようもないってことか」

アレハンドラが腕《うで》をのばしてぼくの手をにぎった。「そんなことない。シェーンのことを大切に思ってくれる人たちが力を貸《か》してくれるよ。そういう人たちは見放さないから。あたしの家族がそうだった」

「だけど、そうならなかったら？」ジョシュやマデリン、それに父さんのことを思ってきいた。きっと父さんは心のどこかで、いまのぼくを否定《ひてい》してる。

アレハンドラはまた肩《かた》をすくめた。「たぶん離《はな》れていく人はいる。そんなにたくさんじゃないことを祈《いの》りたいけど」

人から見放されると思うと、やりきれなかった。この問題にひとりで立ちむかっていく自信がない。「じゃあ、みんなが自分のことをうわさしてると知りつつ、毎日学校へ通わなくちゃいけないってこと？　バケモノみたいに思われてると知りながら？」

「まあ、そういうこと」

「そんなの耐《た》えられない」ぼくはつぶやいた。

アレハンドラのまなざしが優《やさ》しくなった。「それがシェーンにとって一番いいと思うし、実際《じっさい》そんなに悪いことにはならない。まわりのみんなはずっと男だと思ってたんだから。しばらくすれば、もとがどうだったかなんてこと、みんな忘《わす》れるよ。ちょっと、それ、食べてあげようか？」

ぼくはうなずいて、ホットドッグをアレハンドラのほうへ押《お》しだした。アレハンドラはふたくちほどできれいにたいらげた。「とにかく、気の滅入《めい》る話はもうおしまい。べつのことを話そう」

「たとえば？」

「さあ、なんだろう」コーラを飲みながらいう。「ふつうの人たちが話すこと。シェーンの好きな映画《えいが》は？」

「ダントツで『セレニティー』」ぼくはいった。

「セレニティー？」アレハンドラが眉間《みけん》にしわをよせる。「何それ？」

「宇宙船《うちゅうせん》に乗って旅をする乗組員の話。ＳＦ《エスエフ》版西部劇《ばんせいぶげき》って感じかな」

「『スター・ウォーズ』みたいな？」

「まあそうだけど、もっとおもしろい」

「イウォークも出てくる？　あたし大好き、超《ちょう》カワイイ」

「イウォークなんて、サイテーだ！」ぼくはうなった。「やっぱ、女子だなあ」

アレハンドラがまた声をあげて笑った。「大好き、シェーン。あなたっておもしろい」

「ありがとう」照れながらいった。「ぼくも好きだよ」

「あんまり大きな声でいわないで」からかうようにいう。「あたしにはボーイフレンドがいるって知ってるでしょ？」

「ああ、知ってる。ぼくにもガールフレンドがいる」

「ほんとに？」アレハンドラが片方《かたほう》の眉《まゆ》をつりあげた。

「うん、少なくともこっちはそう思ってる」いいながら、胸《むね》にまた新たな悲しみがわきあがった。「今日メールの返事が来なかったけど」

アレハンドラがまたまじめな顔になる。「もしその子が別れたいっていうんなら、つきあうほどの価値《かち》もなかったってことだよ」

「そうかも」ぼそっといった。

「ほんとにそうだから。もし話したくなったら、電話して。いつでもいい、昼でも夜でも。わかった？」

感謝《かんしゃ》の気持ちがどっとこみあげてきて、また泣きだしそうになった。きっとアレハンドラのいうとおり、この世の終わりってわけじゃないんだろう。アレハンドラが乗《の》り越《こ》えたということは、ぼくにだって乗《の》り越《こ》えられるってことだ。

「わかった」ぼくはいった。のどがつまってきて、しゃべるのが難《むずか》しい。「それと……ありがとう……その、なんていうか……」

「どういたしまして」そういってウィンクしてみせる。「喜ぶべきは、いまのシェーンにはあたしがいるってこと。いいね？　でもってあたしにはまちがいなく、友だちふたりか三人分の価値《かち》があるってこと」アレハンドラが椅子《いす》を押《お》して立ちあがった。「さてと、紳《しん》士《し》らしく、あたしをバス停まで送ってね」

20

翌日《よくじつ》の学校は、想像《そうぞう》してた以上にやりきれなかった。マデリンはホームルームの教室にいなかった。きっと具合が悪いんだろう。それなら昨日メールの返信がなかったことにもなんとか説明がつく。授業《じゅぎょう》と授業《じゅぎょう》の合間に毎回メールを確認《かくにん》したけど、マデリンからは一通も入ってなかった。

その日さした唯一《ゆいいつ》の光は、アレハンドラからのメールだった。一時間ごとに送ってきて、おかしな動画のスタンプや、ハリネズミとイヌがいっしょに泳いでる、ばかげた動画サイトへのリンクなんかが必ずはってあった。画像《がぞう》が飛びだすたびに、アレハンドラがぼくの手をまたぎゅっとにぎって、だいじょうぶだからと励《はげ》ましてくれてるような気がした。そういうメールがなかったら、今日一日を乗りきれたかどうかわからない。

ジョシュも力になってくれた。毎時間毎時間、教室移動《いどう》につきそってくれた。同じ授業《じゅぎょう》を取ってないときもだ。お互《たが》いに何もいわないけど、ふたりの周囲に見えないバリアをつくってるような気分だった。ぼくらを中心に半径一メートル以内にはだれも入れない。

教室では、ぼくの席と距離《きょり》を置くように、みんなが机《つくえ》を離《はな》した。ひそひそ話と好奇《こうき》の目がさらに増《ふ》え、しかも同学年だけに収《おさ》まらなかった。七年生にも八年生にも同じ態度《たいど》を取られる。休み時間には、ぼくらのバスケットコートにはだれも入ってこなかった。ジョシュがワンオンワンのゲームをしようというからはじめたけど、さらに気まずい結果に終わった。ぼくはほかの人の目が気になってしかたなく、シュートをはずしてばかりいたからだ。

最後の授業《じゅぎょう》の教室にむかってると、これまで一度も口をきいたことのない八年生のボビー・キャンベルがぼくたちのところへやってきた。ぼくらより背《せ》が高く、ブリーチして金髪《きんぱつ》に染《そ》めたモップのような髪《かみ》が片目《かため》にかぶさってる。ぼくに一枚《まい》のチラシをつきだした。

「何？」ジョシュがいって、目をこらして内容《ないよう》を読む。

「毎週木曜日に講堂《こうどう》に集まってやってる。きみも興味《きょうみ》があるんじゃないかと思って」ぼくだけを見ていう。

「集まって何をするんですか？」ききながら、チラシに目を走らせる。人から話しかけられたことで少し上むきになった気分が、一気にさがった。チラシのてっぺん部分に大きな虹《にじ》が描《か》かれてて、その下に「ゲイ・ストレート・アライアンス」と書いてある。さらに見ていくと、小さな字で次のような説明が記されてた。

〝マクレイン中学GSA《ジーエスエー》は、あらゆる生徒のあいだに橋をかけ、だれもが安心して学校生活を送れることを目ざして活動しています〟

「トランスジェンダーの生徒はいないんだけど、自分の生まれたときの性《せい》に疑問《ぎもん》を持ってる子が何人かいる」ボビーが説明する。

と、ジョシュがぼくの手からチラシをひったくり、相手に食ってかかっていく。「こんなものは必要ない」

その口調のはげしさに驚《おどろ》いた。ボビーもびっくりしてるようだ。「いや、力になりたいと思っただけだから。ストレートの子も大勢《おおぜい》参加するんだ。アライアンス、つまり両者が手を結ぶってことだからね」

ジョシュはいまにも怒《いか》りを爆発《ばくはつ》させそうだった。耳から蒸気《じょうき》が吹《ふ》きだしてるのが見えるみたいだ。ジョシュがさらに口をひらく前に、「おい、落ち着け」といさめた。

「サポートの組織《そしき》としては悪くないよ」ボビーはまごついてるようで、いつのまにか顔が真っ赤になってる。あからさまにこっちをじろじろ見ていく生徒の一団《いちだん》を手で示《しめ》して、「こういう状況《じょうきょう》に対処《たいしょ》するのに役だつと思うんだ」という。

「ありがとう」ぼくはいい、そっと手をのばしてジョシュからチラシを受け取り、尻《しり》ポケットにねじこんだ。チラシがそこで熱を放ってるように感じられる。

「まあ、考えてみて」ボビーは口のなかでぼそぼそいうと、そそくさと去っていき、二度とこっちをふりかえらなかった。

「冗談《じょうだん》だろ？」ジョシュがいう。

ぼくは肩《かた》をすくめながら、先週末に参加したサポートグループPFLAG《ピーフラッグ》のミーティングが役に立ったことを思いだしてた。学校にも似《に》たようなグループがあるなんて知らなかった。べつにそういうのに参加したからといって、ますますのけ者になるということはないだろう。同じ問題をかかえて悩《なや》んでる人たちと会うのは、心ひかれるものがあった。

「ちょっとようすを見に行ってみるのもいいかも」

ジョシュが怖《こわ》い目でにらんできた。「そんなことをしたら、ますます事態《じたい》が悪化するってわかんないのかよ？　ああいうのに参加するってことは、ニコのいうことは真実だってことだぞ。おまえは、やつがうそをついてるって書いたネオンサインを胸《むね》にくりつけるのと同じだぞ。おまえは、やつがうそをついてることを証明《しょうめい》しなきゃいけないんだ」

ぼくは答えなかった。

「おい、マジでいってるんだぞ」教室に入ろうとしたら、腕《うで》をつかまれた。「もううんざりだろ。反撃《はんげき》しろよ」

「反撃《はんげき》って、どうやって!?」声をはりあげるつもりはなかったのに、大声になってしまった。教室のみんながいっせいに顔を上げ、何事かと期待をこめた目で見てくる。

「それは知らん」ジョシュはいいながら髪《かみ》を指でとかし、つんつんと立ちあげる。「けど、きっと何か策《さく》はある」

男子ふたりが前からやってきて、ぼくらの横を通りすぎる。その片方《かたほう》が大きな声でいう。

「なあ、レズの女を好きなやつは、ゲイだってことになるのかな?」

ジョシュがはじかれたようにふりむいた。「おい、ロペス、言葉に気をつけるんだな」

「でないと、どうする? オレにキスするってか?」ロペスがもうひとりとハイタッチをし、ゲラゲラ笑いながら廊下《ろうか》を歩いていく。

ふたりをそのまま追っていきそうなジョシュに、ぼくは腕《うで》をつきだしてとめる。「ほっとけって」

「おまえをからかうことで、やつらはオレのこともばかにしてるんだぞ」そういってふたりの背中《せなか》をにらみつける。

ぼくはごくりとつばを飲んだ。じろじろ見られるのも、こそこそささやかれるのも、アレハンドラのいうとおり、うんざりだ。なのにこんなに早く慣《な》れてしまう自分が驚《おどろ》きだ。

でもそこにぼくは、ジョシュを巻《ま》きこんでしまった。このままいくとますますほんとうのことがいいづらくなる。かといって、いま打ち明けても、ジョシュはぜったい許《ゆる》してくれないだろう。

「ありがとう」ぼくはいった。

「何が？」

「いつもそばにいてくれて」

ジョシュがヘンな目でぼくを見た。「あたりまえだろ？　おまえはオレの親友なんだから」

「うん、そうだけど——とにかくありがたいと思って」

「だろ。じゃあ、また練習でな」いってからジョシュはこぶしを宙《ちゅう》につきあげ、「チーム・ジョシューン！」とさけぶ。それから小走りで廊下《ろうか》をかけて、自分の教室へむかった。

国語の授業《じゅぎょう》の教室でも、ぼくがそばにすわると、数人が遠くの席へ移《うつ》った。ぼくは無視《むし》した。始業のベルが鳴るまであと二分というときになって、スケッチブックをひっぱりだして絵を描《か》きだした。

「ヘンタイ」

さっと顔を上げたものの、だれがいったのかはわからなかった。だれもぼくのほうを見てない。でもたしかにきこえた。ほかのみんなもまちがいなくきいたはずだった。教室内にヘンな緊張《きんちょう》がただよってる。

外部の雑音《ざつおん》をいっさい締《し》めだそうと、机《つくえ》にかがみこむようにして絵を描《か》く。と、何かが後頭部に当たり、うしろの席から忍《しの》び笑《わら》いが起きた。さわってみると、べたっとしたガムの感触《かんしょく》があった。目に涙《なみだ》がもりあがり、ほおの内側をぎゅっとかんでこらえる。わざとゆっくり、まだ何も書いてない紙を破《やぶ》り取《と》る。それでガムをこそげとると、そのまま丸めた。何事もなかったように、丸めた紙を肩越《かたご》しに放り投げた。

「シェーン・ウッズ！」国語の先生が教室の入り口から太い声をとどろかせた。「この教室はきみの家のゴミ箱じゃない。ただちに拾って、本来の場所に捨《す》てたまえ」

教室全体が忍《しの》び笑《わら》いにゆれた。ぼくは顔をほてらせて立ちあがり、捨《す》てた紙をさがして足もとに目を走らせる。ちょうどディランの前に落ちてた。かがんで拾うときに、ディランと目が合ったが、むこうはぼくなんかそこにいないという目をしてた。うっかりディランのスニーカーをこすってしまうと、さっと足をひっこめられた。

ディランとは親しくつきあったことはない——ぼくの控《ひか》え投手であることを恨《うら》みに思ってて、ニコとすごく仲がいい。それでも同じチームで三年もすごしてるんだから、少しくらい味方してくれたっていいはずだった。

大恥《おおはじ》をかきながら、重い足取りで教室の前に出ていき、丸めた紙をゴミ箱に投げ入れた。

「それでいい、シェーン」先生が冷たい口調でいった。「さてと、野蛮《やばん》なふるまいと決別したところで、七十二ページをひらいてもらおう」

自分の席にもどって椅子《いす》にどっかりすわったところで、うしろから小さな声がきこえてきた。「ヘンタイ」今度はたしかに、ディランの声だった。

うわっ
ウィロビー、やつらに手をふれさせるんじゃないぞ！
こっちはつかまった

21

好奇《こうき》の目で見られ続けるのは、まったく神経《しんけい》がくたびれる。国語の時間がいつもの十倍長く感じられた。終業のベルがなると、ぼくはぐったりして立ちあがった。

ドアの前まで来たところで、うしろからだれかにどんと押《お》され、女子の集団《しゅうだん》に追突《ついとつ》した。キャーッという声を出して女子たちがふりかえり、そろってぼくをにらむ。

「ごめん」ぼくはあやまった。うしろでディランの笑い声がして、ハイタッチをしあってる。ぼくは急いで廊下《ろうか》に出た。

だれかのロッカーにジョシュがよりかかってて、すでに練習用のスポーツバッグを持ってた。ぼくの顔を見るなり、「どした?」ときく。

「べつに。行こう」

自分のロッカーからバッグをひっぱりだしてると、ジョシュに「髪《かみ》になんかくっついてる」といわれた。

「ガム」ぼそっという。

ジョシュの眉毛《まゆげ》がはねあがった。「なんで髪《かみ》の毛《け》にガム？」

「ディランに投げられた」

ジョシュが怒《おこ》って鼻の穴《あな》をふくらませる。「ふん。やつは終わったな」

「気にするな」いったそばから、ジョシュに話したのはまちがいだったと気づいた。

「冗談《じょうだん》じゃない。オレたちゃチームだぜ。こんなことが監督《かんとく》の耳に入ったら――」

「入らない」ぼくはきっぱりといった。

「けど――」

「いわない」ぴしゃりという。「忘《わす》れてくれ」

ジョシュはぼくのとなりのロッカーによりかかってぶつくさいう。「超《ちょう》ムカつく」

「ああ、まったくだ」

ロッカーを乱暴《らんぼう》に閉《し》めたところで、声がした。「ハイ、シェーン。ちょっと話せる？」

マデリンの声だとわかって、はじかれたようにふりむいた。相手は緊張《きんちょう》した顔で、リュックのストラップをいじってる。

「ああ、いいよ」ぼくはいった。

ジョシュが横目でこっちを見る。うなずいて合図すると、「わかった。じゃあ下で」と返ってきた。

マデリンは顔色が優《すぐ》れない。ということはやっぱり病気だったんだ。「今日ホームルームに出なかったね」

ぼくと目を合わせずに、マデリンがいう。「遅刻《ちこく》して、ママに車で送ってもらったの」

「そっか」ぼくはごくりとつばを飲んでからきいた。「で、話って何?」

「このなかに入ろう」そういって、だれもいない理科室を手でさす。

マデリンのあとについていきながら、刑場《けいじょう》にひっぱっていかれるような気分だった。アレハンドラの声が頭のなかでこだましてる……「たぶん離《はな》れていく人はいる」。マデリンは椅子《いす》にはすわらず、実験台によりかかった。そのむかい側に立つぼくの胸《むね》のなかでは、痛《いた》いほど心臓《しんぞう》があばれてた。

マデリンは言葉が見つからないようで、あちこちに目をむけ、ぼくを見ないようにしてる。ふいに金曜日の夜が遠い昔のことのように思えた。仲のよかった人が、これほど早く、まるで他人のようになってしまうことがあるなんて、信じられない気分だった。

「ほんとうなの?」とうとうマデリンが口をひらいた。

ぼくはごくりとつばを飲む。「つまり、あれはほんとうにぼくの写真かって?」

マデリンがうなずく。

一瞬《いっしゅん》ためらい、それからいった。「そうなんだ」

くちびるをぎゅっとかんでから、マデリンがいう。「それじゃあ、シェーンは髪《かみ》の長い男の子だったの？　それとも女の子として生まれてきたの？」

だれもここまであからさまにきいてきたことはなかった。考えてみれば、それはちょっとふしぎだった。学校全体がこの話題で持ちきりなのに。マデリンの顔を見ながら、どう答えようかと、考えをめぐらした。うそはつきたくない。でも、これはプライベートな問題だからといってごまかすこともできないだろう。それでずばりこういった。「昔は、女として生きてた」

「女に生まれたから？」マデリンがつっこんでくる。

「まあ、そういうこと」

マデリンの口から大きなため息がもれ、安心したみたいな感じだ。一瞬《いっしゅん》、じゃあ、問題ないのかと思い、心臓《しんぞう》が大喜びして胸《むね》から飛びだしそうになる。けれどもそれからマデリンがいった。「ほんとうに悪いんだけど、わたしは女の子を好きにはなれない」

「でも……ぼくは女じゃない」

「女でもあるんでしょ」首をかしげていう。「女に生まれてきた、そうでしょ？」

ぼくは首を横にふった。「複雑《ふくざつ》なんだ。ぼくは男の脳《のう》を持って生まれてきた。それに……

心も男」小声になった。耳の奥《おく》で血がザーザー流れててしゃべりにくかったけど、これはちゃんといっておかないといけない。「自分を女の子だと思ったことは一度もない。大事なのはそこなんだ」

長い沈黙《ちんもく》が続く。廊下《ろうか》でロッカーを開《あ》け閉《し》めする音がしだした。みんなのしゃべり声と足音が廊下《ろうか》に響《ひび》きわたるけど、いまはそういうふつうの生活がずっと遠くへ行ってしまったみたいだった。

「ごめんなさい」マデリンがとうとういった。とまどいを隠《かく》せずに舌《した》がもつれてる。「なんでもないと思えればいいけど。ほんとうに。だけどだめなの。そういうのって……」

「気持ち悪い？」相手がいいにくそうだったので、かわりにいってやった。

恥《は》じ入《い》るような顔になりながら、それでもマデリンはうなずいた。「そう。ごめんなさい、シェーン。ほんとうに好きなのに」

「でも、こういうぼくとつきあえるほどには好きじゃないんだね」これ以上、マデリンの顔を見てられなかった。これ以上、その場にいられなかった。

「シェーン――」

ぼくはすでに歩きだしてた。足が重く感じられて、片方《かたほう》ずつ前に出すのに大変な努力がいる。歩くことに集中する。右、左、右、左。廊下《ろうか》のつきあたりまで。階段《かいだん》をおりる。それからまた廊下《ろうか》を進む。

本なんかだと、失恋《しつれん》したときのつらい気分を、胸《むね》のなかの花瓶《かびん》を木槌《きづち》で打《う》ち砕《くだ》かれたような感じと表現《ひょうげん》してる。

でも実際《じっさい》にはちがった。そんなんじゃなくて、最高地点まで上がったジェットコースターが急降下《きゅうこうか》するみたいに、胃のなかのものがぜんぶのどにせりあがってくる感じ。最低地点に落ちるまでは息ができないみたいな。

しかもそこにはなかなか到達《とうたつ》できず、どこまでも、どこまでも、ひたすら落ち続けていく……。

ほおの内側がひりひりして血がにじんでるのがわかる。泣かないようにと、一日じゅうずっとかんでた。このままだと練習に遅《おく》れるのは確実《かくじつ》だけど、もうどうでもよかった。家に帰ってベッドにもぐりこみたい。

でもそんなことをしたら、ジョシュが激怒《げきど》するし、週末の試合に出させてもらえなくなる。

スマートフォンがチンと鳴ってメールの着信を知らせた――アレハンドラが自撮《じど》り写真を送ってきた。自分の部屋らしきところに立って、〝変顔〟をして写ってる。その下に、「だれにでも、ヘンなところはある」と書いてあった。

ぼくを元気づけようとしてるんだろうけど、結果的にこれはマデリンがいったことが正しいと証明《しょうめい》してるようなものだった。ぼくらは異常《いじょう》で、みんなから気持ち悪がられる。

少なくともグラウンドでは、ディランもほかのチームメイトも、おかしな態度《たいど》には出なかった。二時間のあいだ、いつもとほぼ変わりなく打ちこめた。

練習が終わるとジョシュがこっちへ走ってきた。「おい、更衣室《こういしつ》に来い。解決策《かいけつさく》が見つかった」

「解決策《かいけつさく》って？」用心しながらきいた。

「とにかく急げ」ジョシュが先に立って走り、手を前に払《はら》ってぼくを追い立てる。

「待てよ！」ジョシュの背中《せなか》に呼《よ》びかける。すでに母さんが車を駐車場《ちゅうしゃじょう》に入れてた。「帰んなきゃいけないいんだ！」

もうジョシュは更衣室《こういしつ》の前までたどりついてて、両手を口のまわりに当てて大声でいう。

「いいから、来い！　すぐ終わる。みんな待ってるんだ！」

それだけいって、更衣室《こういしつ》へ消えた。

どうしよう。こまったな。家に帰りたくてしょうがない。でも、もしぼくが入っていかなかったら、みんなの前でジョシュが大恥《おおはじ》をかく。これまでずっと味方になってくれたのに、そんなひどいことはできなかった。

おそらくメンバーの前でスピーチして気合いを入れてやるつもりなんだろう。試合の前にいつもやるように。実際《じっさい》それでチームの士気が上がる。ジョシュの話には人をひきつける力があった。

更衣室《こういしつ》に一歩足を踏《ふ》み入《い》れたとたん、チームメイトの顔がいっせいにぼくにむけられた。みんな腕組《うでぐ》みをしてるけど、顔に浮《う》かんだ表情《ひょうじょう》はばらばらだ。好奇心《こうきしん》、いらだち、嫌悪《けんお》。みんなを前にしてジョシュが立ってる。

「なんなの？」ぼくは不安になってきいた。

「解決策《かいけつさく》が見つかったといっただろ」ジョシュが身をよせてきて、ぼくにだけきこえる声でささやく。それからチームのメンバーにむきなおると、大きな声で話しだした。「シェーンについては、現在《げんざい》たくさんのうわさが飛びかってる。みんなきいてるはずだから、知らないふりはよせ」

だれもが目をそわそわ、足をもじもじ動かし、ぼくと目を合わせないようにしてる。

「いっておくが」ジョシュの声に力がこもる。「ニコはうそをついてる。メンバーを敵対《てきたい》関係《かんけい》に置けば、今週末の試合でムスタングズが勝つ見こみが出ると、そう踏《ふ》んで仕組んだことだ。なぜならやつは、オレたちのチームのほうが強いことを知ってるからだ。ああいうわさを流すこと自体、連中が脅《おび》えてることの証明《しょうめい》だ。脅《おび》えて当然だ！」

すごい。以前からジョシュは更衣室《こういしつ》ですばらしいスピーチを何度も披露《ひろう》してたが、これは別格《べっかく》だった。数人がうなずくなか、ジョシュは先を続ける。「リーグのなかで、一番の強豪《きょうごう》はうちのチーム。それをみんなわかってる！　結果、わがチームは今週末の地区トーナメントに出場する。シェーンのピッチングと、オースティンのバッティングがそこに導《みちび》いてくれたわけだが、さらにいわせてもらうなら、うちのチームには天才的なセカンドがいることも忘《わす》れてはならない！」

これにはくすくす笑い声が起きた。場の雰囲気《ふんいき》は一変——みんながジョシュに賛同《さんどう》し、その流れでぼくにも温かな目がむけられる。ぼくはだんだん肩《かた》の力がぬけていった。ジョシュはものの見事に解決《かいけつ》してくれた。こんな友だちを持てたぼくはほんとうに恵《めぐ》まれてる。

「じゃあ、すっきり解決《かいけつ》といこう」そういって、ジョシュは芝居《しばい》がかったしぐさで、ぼくにむかって大きく腕《うで》をふった。「シェーン、ズボンをおろせ」

「え？」

「だから、ズボンだよ」いらついた声でいう。「ちょっとおろして、みんなに見せてやれ」

「いやだ」ぼくはいって、一歩さがった。

ジョシュがうんざりした顔をする。「たいしたことじゃないだろ。さっさと終わらせようぜ」

胸《むね》のなかで心臓《しんぞう》があばれだす。みんなに背《せ》をむけて、いますぐここから逃《に》げだしたい。みんながまたじろじろと、けげんな顔でぼくを見だした。「そ、そんなことは――いやだ」

「だよな、女だもん」部屋の奥《おく》のほうからディランが大声でいった。

ジョシュがはじかれたように、キッとそっちをむいてどなる。「だまれ、ディラン！」

「ジョシュ――」ぼくが声をかける。

「なんだよ？」お互《たが》いの顔をじっと見つめあってると、ジョシュの表情《ひょうじょう》がいきなり変わった。すべてを理解《りかい》したことが目にあらわれてる。ぼくはもう死んだも同然だった。

知らないあいだにかけだしてた。更衣室《こういしつ》を出てグラウンドをつっきり、駐車場《ちゅうしゃじょう》に飛びこんだ。前のめりになって車のなかにつっこんでいく。

息をはあはあはずませて助手席に乗りこんだぼくを、母さんがじっと見つめる。「どうしたの？　何かあったの？」

「車を出して。お願いだ、母さん」必死になって頼《たの》んだ。

「でも――」

「すぐ出して、早く！」

なんだか
いやな
予感がする
*#&$%!

22

家に着くとまっすぐ自分の部屋に入り、乱暴《らんぼう》にドアを閉《し》めた。しばらくして母さんがノックをしてきたけど、来ないでとどなった。

スマートフォンがメールの着信を知らせる。知らないアドレスだ。メールをひらいてみると、女装《じょそう》したゲイの男が写真のなかからぼくをじっと見てた。その下に「ヘンタイ!」の文字。

ふるえる手でスマートフォンの電源《でんげん》を切った。部屋のむこうへ投げつけるか、かかとで踏《ふ》んでこわしてしまいたい。でも父さんがクリスマスプレゼントに買ってくれた高価《こうか》なものだ、それはできない。かわりにクローゼットの奥《おく》につっこんで、その上にリュックをのせた。宿題なんかやっても意味がない。もう二度とあの学校には足を踏《ふ》み入《い》れない。

ベッドの上で横になる。天井《てんじょう》をじっとにらんでても、恐《おそ》ろしいできごとがよみがえってくる。ガム、悪口、マデリンとの別れ、更衣室《こういしつ》での屈辱《くつじょく》。頭のなかでホラー映画《えいが》が再生《さいせい》されてるみたいだ。

やっぱり父さんにＸｂｏｘ《エックスボックス》を買ってもらうべきだった。何かで気をまぎらわさないと。こんなことばかりずっと考えてると、頭がヘンになる。

どうしようもなくなって起きあがり、スケッチブックをつかんでベッドに持ちこんだ。何か描《か》こうにも、何も浮《う》かばず、ふいにこれまで描《か》いたものがぜんぶ、幼稚《ようち》でばかげてるように思えてきた。

母さんが何度もドアをノックしてきた。入っていいか、何か食べたくないかときき、ドア越《ご》しでもかまわないから話ができないかという。

そのたびに、ほっといてと言葉を返す。四回目のノックにキレて、「いま忙《いそが》しいんだ！」とどなった。

それはほんとうだった。ゴミ箱をそばにひきよせて、床《ゆか》の上にすわり、『ホーガン・フィリオンが世界を救う』を、一枚《まい》一枚破《まいやぶ》り取《と》ってた。ばらばらになったものを今度はびりびりと縦《たて》に裂《さ》いていき、細長いリボン状《じょう》にする。それをさらに横に破《やぶ》っていって、ぜんぶ細かくすると、あとには紙ふぶきの山ができた。その山をすくいあげてゴミ箱に捨《す》てる。

こういうやり方をしてると、かなりの時間をつぶせた。途中《とちゅう》で後悔《こうかい》するだろうと最初は思ってたけど、実際《じっさい》は気分がよかった。紙の破《やぶ》れる音が心地《ここち》よく、細長い紙にしていくのは、はがれかかった皮膚《ひふ》をむいていくみたいですっきりする。長い時間かけてコツコツ描《か》いたものが、わずかな時間で消えてなくなる。ふしぎなことに、それがまた痛快《つうかい》だった。最後のページもぜんぶ細かくして捨《す》ててしまうと、いろんな色のふわふわした紙ふぶきでゴミ箱がいっぱいになった。火をつけて燃《も》やしてしまえたらいいのに。目の前から完全に消えてなくなると思うと、ほんとうに心がワクワクする。でも煙《けむり》のにおいをかぎつけたら母さんが卒倒《そっとう》する。

時計は十一時半をさしてる。もう母さんの声はきこえてこない。たぶん寝《ね》たんだ。まったくお腹《なか》はへってなかったけど、のどがかわいてた。ドアをそっとあけると、忍《しの》び足《あし》でキッチンへむかった。

母さんはリビングにいて、自分の椅子《いす》にすわってぐっすり寝入《ねい》ってた。両手で持った本がひざの上にずり落ちてて、真一文字《まいちもんじ》に結んだ口もとにしわがよってる。不安げな顔だった。

その横をすりぬけて、グラスに水を入れる。グラノーラ・バー二本に、バナナ一本ももらっていく。でも食べ物がのどを通るかどうか、自信はなかった。

また横をすりぬけたら、眠《ねむ》ってた母さんがかすかに身じろぎをして、何かいった。ぼくはその場にかたまり、母さんがまた規則正《きそくただ》しい寝息《ねいき》を立てるのを待つ。それから自分の部屋にむかい、ドアを閉《し》めて鍵《かぎ》をかける。

翌朝《よくあさ》、母さんがドアをノックした。「朝食に低脂肪のパンでフレンチトーストをつくったの」わざと明るい声を出してるのがわかる。「でもって、信じるかどうかわからないけど、ベーコンつき！　それも本物の！」

「お腹《なか》はすいてない」いいかえした。

「急がないと、学校に遅《おく》れるわよ」

「あんなところ、二度と行かない！」ぼくはどなった。

しばらく沈黙《ちんもく》が続いたあと、母さんがいった。「シェーン、お願い。ふたりで話ができないかしら？」

「できない」

食べ物でつれないとわかると、おどしにかかった。「もしこのドアをあけないなら、お父さんに電話するから！」

「すればいい。どうせむこうは気にしない」

「気にするに決まってるでしょ」

「きっと電話も出ない」

あきらめていなくなったと思ったら、一時間後にまたやってきた。ドアノブをがちゃがちゃやってる。それから涙声《なみだごえ》で語りかけてきた。「シェーン、わたし、なんだか恐《おそ》ろしくなってきたわ。お願いだから、ドアの鍵《かぎ》をあけてちょうだい」

「いやだといったら？」

いきなり静かになった。きっとショックを受けてるにちがいない。母さんにこんな口のきき方をしたのは初めてだった。ふだんなら気がとがめるのに、いまは何も感じない。一夜にして、何もかもどうでもよくなった。大切な人も、大切なものもない。ずっとここにすわってて、外の世界はぼくなんか関係なしに続いていく。いまドアをあけて、全世界が火に包まれてるのがわかったとしても、焼きマシュマロをつくりに、ひと袋《ふくろ》持って外に出ていくだけだ。

「シェーン」ひび割《わ》れたような声で母さんがいう。「お願いだから、ドアをあけて。無事かどうか、ひと目見ないと安心できないの」

ぼくは目をぎゅっとつぶった。「もしあけても、外へ出そうとはしない？」

長い間を置いてから母さんがいった。「いやなら」

深く息を吸《す》ってから、鍵《かぎ》をあけ、ドアをひらいた。目の前に立つ母さんの顔は心配にひきつってる。

「ほら、無事でしょ」冷たい口調でいった。

実際《じっさい》には目も当てられない姿《すがた》だった。まだ練習用のユニフォームを着たままで、歯も磨《みが》かずシャワーも浴びてない。それに昨晩《さくばん》はあまり寝《ね》てなかった。しばらくうとうとしたけど、途中《とちゅう》ではっと飛び起きて、その日あったことをまたぜんぶはじめから思いだしてた。

「ドアをあけてくれてありがとう、シェーン。何か食べるものを持ってきてもいい？」

「お腹《なか》はすいてない」

「でも――」

「グラノーラ・バー食べたから。それにバナナも」

「わかったわ」母さんがくちびるをかむ。「テリー先生に電話をしておいたから。あなたが話をしたければ、今日は十一時に手があくって」

首を横にふった。セラピストの先生とはもう一年以上も顔を合わせてないのに、いまになって心をひらくなんてできそうにない。「どこにも行かない」

「じゃあ、電話で話したら」そういう声には頼《たの》みこむような響《ひび》きがあった。「だれかと話すのはきっと役に立つと思うの」

「必要ない」

母さんの顔が暗くなるのを見て、チクリと胸《むね》が痛《いた》んだ。母さんは力になってくれようとしてるだけだ。でも、だれも力にはなれない。「愛してるわ、シェーン。お願いだから、わたしに何ができるか教えてちょうだい」

「ひとりにしてほしい」ぼくはいった。それからドアを閉《し》めてまた鍵《かぎ》をかける。

母さんはドアの外にランチを置いた。去る前にドアをノックしていう。「サンドイッチ、ここに置いていくから、気がむいたら食べてちょうだい」

ぼくは答えなかったが、足音がきこえなくなると、ドアをあけてトレイを取った。サンドイッチの中身はアーモンドバター、バナナ、レーズンで、ふだんだったら大好きだった。いまは食べてみても味がほとんどわからず、口のなかにへばりつくだけ。ちょっとだけかじって、あとはまた廊下《ろうか》にもどした。

部屋を出るのはトイレをつかうときだけで、用をすませるとまたすぐもどってくる。前を通りかかるたびに母さんが笑顔をむけてくるけど、ぜんぶ無視《むし》した。何度か電話で話す小声がきこえてきた。たぶんテリー先生か、父さんだろう。それでももう母さんはぼくを無理矢理《むりやり》部屋から出そうとはしなかった。

その日はほとんどベッドに横になって、ずっと天井《てんじょう》をにらんでた。スマートフォンを確《かく》認《にん》したくてうずうずするけど、見てみようと思うたびに、あのおぞましい〝ヘンタイ〟という四文字が目に浮《う》かんでくる。

時間つぶしに、さまざまな逃《に》げ道《みち》を考えた。夜にこっそり出ていくこともできる。母さんのバッグからお金をとってバスに乗り、これまで行ったことのないどこかへ行く。そうだ、アリゾナがいいかもしれない。景色もいいし、暖《あたた》かい。たくさんの野球チームが春のキャンプに出かけていく。きっと一年じゅう外で寝《ね》ても風邪《かぜ》さえ引かないだろう。あるいはアラスカに行って漁船で働く。そういう生活をしてる人がテレビによく出てくる。みんな大人だけど、一生懸命《いっしょうけんめい》働く気があるなら、ぼくの年齢《ねんれい》でも問題ないだろう。でも船酔《ふなよ》いをしないとは自信を持っていえない。これまでフェリーしか乗ったことがないから。

そろそろ夕食の時間というころに、母さんがまたノックをした。「シェーン、注射《ちゅうしゃ》をしないと。毎週だいたい同じ時間に摂取《せっしゅ》するのが大事だって、アン先生がいってたでしょ。ほんとうなら昨日の夜にしているべきだった」

ぼくはベッドの上で起きあがった。最初の摂取《せっしゅ》から、まだ八日間しかたっていない？いまじゃ大昔のことのように思えた。

「すぐにやってあげられるわよ」と母さん。

「やってなんの意味がある？」うなるようにいった。「もうべつにみんなをだましてまわる必要もない」

ドアのむこうがしんとした。それから母さんがいった。「とりあえずやっておいたら？もう用意ができてるんだし」

「わかった」ぼくはベッドから転げるようにおりて、足音も荒《あら》くドアをあけに行った。母さんが注射針《ちゅうしゃばり》を持って立ってる。ぼくはスウェットパンツをずりおろして、ふとももを出した。

「じゃあ、いい？」母さんがきく。

うなずいた。母さんは消毒用の脱脂綿《だっしめん》でぼくの足をふいてから、針《はり》を刺《さ》した。チクリと痛《いた》みが走り、ぼくはずっと顔をそむけたままでいる。初めてのとき、あんなにワクワクしてたのが、いまじゃこっけいに思える。これで何かが変わると信じてたんだから、おめでたいにもほどがある。

「はい、終了《しゅうりょう》」母さんがいう。

ぼくはスウェットパンツを上げた。

おずおずと母さんがいう。「今夜は中華料理《ちゅうかりょうり》を注文しようと思ってるの。いいと思わない？」

「べつになんでも」ぼくは肩《かた》をすくめた。「食欲《しょくよく》ないから」

母さんもスウェットを着てて、ポニーテールに結んだ髪《かみ》がばらばらとほつれてる。顔色が悪く、目の下にくまができてた。深く息を吸《す》ってから、母さんがいう。「『ファイヤーフライ 宇宙大戦争《うちゅうだいせんそう》』を借りてきたの。いっしょに見るのは久《ひさ》しぶりでしょ」

「ぼくはもう子どもじゃない」

「だけど、大好きなドラマでしょ！」母さんの声が大きくなった。

「いまはちがう」いいながら、足は早くもベッドにむかってる。

部屋のなかをのぞきこんだ母さんの目が、あふれかえったゴミ箱にとまる。「あれ、何？」

「ぼくの描《か》いたマンガ。くだらないから、ぜんぶ捨《す》てた」

母さんが息をのんだ。「まあ、シェーン」

こっちが何かいう前に、玄関《げんかん》のベルが鳴った。

「料理、来たんじゃない？」ぼくはいった。

「まだ注文してないけど」母さんが眉間《みけん》にしわをよせ、それからふいに目を大きく見ひらいた。「あ、いけない」

「何？」

母さんはポニーテールをほどき、指で髪《かみ》をとかしながらあわてて玄関《げんかん》にむかった。ずいぶんうろたえてる。

玄関《げんかん》のドアがあく音に続いて、男の人の声がした。ぼくはこそこそ廊下《ろうか》へ出ていって、聞き耳を立てた。

「ごめんなさい！」母さんがいってる。「このところ家族の事情《じじょう》でバタバタしてて、すっかり頭のなかからぬけ落ちてたわ」

相手が何をいってるのか、声が低すぎてわからない。そろそろとリビングの入り口まで行ってみる。

玄関《げんかん》に男の人が立ってた。背《せ》が高くて、白髪《しらが》まじりの少し長めの髪《かみ》が耳にかかってる。ラフな感じに見せようとしてるみたいだけど、努力しすぎて裏目《うらめ》に出てる。ワインを一本手にしながら、心底がっかりした顔だった。

母さんの肩越《かたご》しにぼくを認《みと》めて、男の人が顔をほころばせた。「やあ」そういって、大きく一歩前へ出てくる。「きみがシェーンだね」

「クリスさん？」いいながら、ごく自然に相手と握手《あくしゅ》をしてる。

「うそいつわりなく、本人だ」

マヌケな答えに、思わずあきれ顔をしてしまいそうになる。近くで見ると歯が不自然に白い。ロサンゼルスでは歯のホワイトニングはあたりまえに行われてた。はきふるしたようなジーンズをはいてるけど、実際《じっさい》は買ったばかりにちがいない。

「今夜はクリスといっしょにディナーを食べる予定だったの」母さんが動揺《どうよう》して手をもみしだきながらいう。「電話してキャンセルするのを忘《わす》れてて」

「ふーん」ぼくは気のない返事をした。クリスがぼくを観察してるのがわかった。それをこっちに気づかれないようにしながら。ぼくはふいに自分がひどいにおいを発散させてると気づいて、ちょっとあとずさった。「ぼくのために取りやめにしなくていいから」

「シェーンはちょっと……体調をくずしてて」母さんが言《い》い訳《わけ》する。

「そりゃ大変。わたしはオジャマ虫だ」

オジャマ虫？　いまどきだれがそんなことをいう？　「母さん、行きなよ。ぼくはひとりでだいじょうぶだから」

クリスは期待する顔で母さんをふりかえったけど、母さんは早くも首を横にふってた。

「申《もう》し訳《わけ》ないけど、この子をひとりで置いておくわけにはいかないの。また今度にしてもらえないかしら？」

「もちろん」そういう声に失望がはっきりにじんでる。母さんにワインを手わたしていう。

「じゃあ、これはそのときまでおあずけということで」

「ありがとう。楽しみだわ」母さんは笑顔でいったけど、目は悲しそうだった。

「シェーン、会えてよかった」そういってぼくにうなずく。「レベッカ、じゃあまた近いうちに連絡《れんらく》するから」

「ええ、近いうちに」母さんがいい、クリスが出ていくとすぐドアを閉《し》めた。数秒の間を置いてから、こっちへふりかえる。

「いまの人がクリスだね」とぼく。

「ええ」母さんはいってひたいを手でぬぐう。

「行けばよかったのに」ぶすっといった。「どうせこっちは自分の部屋にもどるんだし」

「ひとりで置いておけないわ」

「どうでもいい」くるりと背《せ》をむけて、自分の部屋へむかった。ベッドに寝《ね》っころがって数分すると、母さんの泣き声がきこえてきた。まちがいなく泣いてる。それからすぐテレビがついて、泣き声がかき消された。


母さんがどうしてもというので、いっしょにキッチンのテーブルに着いて中華料理《ちゅうかりょうり》を少しだけ口にした。それからすぐベッドに直行する。

この泥沼《どろぬま》からは、どうやら永遠《えいえん》にぬけだせそうにない。こんな気分になったのは初めてで、世界からありとあらゆる色や味わいが奪《うば》い取《と》られてしまった感じだった。好きな食べ物もまったく味気ない。これまで好きだったものがぜんぶ、ばかげてて、無意味なものに思えてくる。ベッドでさえ、以前のように快適《かいてき》には思えなかった。

それでもずっと横になってる。天井《てんじょう》の渦《うず》巻《ま》き模様《もよう》や、水道管から水がもれたときにできた茶色いしみがある部分を覚えてしまった。連続して眠《ねむ》れるのは一時間がせいぜいだった。

それ以外の時間は、ただじっと横になって、何もかも消えてなくなれと念じてる。

木曜日の朝、起きてシリアルを少し口にした。母さんがテーブルのむかい側からじっとぼくを観察してる。手にしたマグカップから湯気が立ってるけど、飲むのも忘《わす》れてるようすだ。「シャワーでも浴びてきたら？　きっと気分がよくなるわ」

髪《かみ》を手でなでてみる――まだガムがくっついてた。かたくなって、ほこりがへばりついてる。もう三日もシャワーを浴びてないせいで、身体からつんと酸《す》っぱいにおいがする。

「かもね」

「そうよ！」と母さん。

ボウルをゆすいでから食洗機《しょくせんき》に入れる。それからだらだら歩いてバスルームに行き、なかに入ってドアを閉《し》めた。

耐《た》えられるかぎり熱い温度でシャワーを出し、目をつぶってその下に立つ。脇《わき》の下を洗《あら》ったあとで、頭をのけぞらせてシャワーのお湯にせっけんを流させる。それ以外の部分を自分の手で洗《あら》うのは耐《た》えられない。自分の身体が裏切《うらぎ》り者《もの》のように思える。隅《すみ》から隅《すみ》まで、あらゆる部分が憎《にく》らしい。ふいにわかった。サポートグループのなかに、なぜ自分の身体を傷《きず》つける子がいるのか。自分の身体にあるべきじゃないと思うものを排除《はいじょ》しようとしてるんだ。

母さんのむだ毛用カミソリがぼくを誘《さそ》ってるように見える。

ごくりとつばを飲み、カミソリから離《はな》れる。身体に力が入らない。体重がへってるのはわかってた。あばら骨《ぼね》も鎖骨《さこつ》も浮《う》きだしてる。それにまだ髪《かみ》にガムが残ってた。スポンジにシャンプーをしぼりだして、ゴシゴシこすってみる。小さなかけらが短い髪《かみ》の束といっしょに取れ、渦《うず》を巻《ま》きながら排水口《はいすいこう》へ消えていく。せいいっぱい力を入れて、同じ部分をゴシゴシゴシゴシこすっていき、しまいには地肌《じはだ》が赤むけになってひりひりしてきた。シャワーから出てタオルで身体をふくあいだ、ぜったい鏡を見なかった。

十分後、清潔《せいけつ》なスウェットの上下を着て自分の部屋にもどった。母さんがノックをして入ってきた。「さっぱりした？」

「あんまり」

「あのね、あなたに会いに来る人がいるの」

ぼくは背《せ》すじをのばし、母さんにむかって顔をしかめた。「だれ？」

「アレハンドラ」

「母さん！」思わずどなった。「母さんが電話したの？　だいたいなんだって、アレハンドラの番号を知ってるの？」

「グループできいたの」母さんが小さくなっていう。

「会いたくない」そういってベッドに倒《たお》れ、顔を枕《まくら》でふさぐ。「だれにも会いたくないんだ」

「だって、どうしていいか、わからないんだもの」母さんが打ちのめされたようにいう。

「わたしに話さないなら、友だちにって思ったの」

「もう友だちなんか、いないんだ」

「そんなこと、ぜったいない」ベッドがきしんで、母さんがはしにすわったんだとわかる。

「きっとアレハンドラなら、あなたを元気づけてくれると思ったの」

「無理。もう何をやってもだめなんだ」

「なら、何も期待しないで話せばいいじゃない」きっぱりといった。母さんが部屋のなかを移動《いどう》するのが物音でわかる。ブラインドが上がる音がして、部屋のなかが明るくなった。

「閉《し》めといてよ！」ぼくはどなった。

「情《なさ》けない」

ぼくは顔から枕《まくら》を乱暴《らんぼう》にはずし、母さんをにらみつけた。「何？」

「いったとおりよ」ぼくの顔をにらみつけていう。「五歳《さい》の子どもみたいな態度《たいど》を取るなら、こっちもそのつもりで相手をする。さあ、さっさと起きてちゃんとした服を着てきなさい」

「いやだ」ぼくは寝返《ねがえ》りを打って壁《かべ》のほうをむいた。

「勝手になさい。でもアレハンドラがすぐここに来るから」

「出ない。またドアの鍵《かぎ》を閉《し》める」

「失礼でしょ」母さんがぴしゃりといった。

「わたしはマナーを知らない子どもを育てた覚えはないわ」

どうしようもなく怒《いか》りがこみあげてきた。両手でぎゅっとこぶしをつくり、声をはりあげた。「もう、なんとかしようとするのやめて！　どうにもなんないんだよ。勝手なことして、かえって事態《じたい》を悪化させてるってわかんないのかよ。母さんなんて大きらいだ！」

母さんが息をのみ、片手《かたて》で口を押《お》さえた。ぼくは早くも後悔《こうかい》してた。こんなことをいったのは生まれて初めてだった。

「ごめん」といって起きあがったけど、もう遅《おそ》かった。母さんは泣いてて、肩《かた》をふるわせてる。そのまま逃《に》げるようにして部屋から出ていった。

「母さん」ぼくは追いかけた。「頼《たの》むよ、母さん。本気でいったんじゃないんだ。ほんとうに、ごめん……」

母さんの部屋のドアがバタンと閉《し》まった。取り残されたぼくはドアを見つめながら、ひどいことをしてしまったと思ってた。

これでとうとう、ほんとうのひとりぼっちになってしまった。

23

ドアの前にすわって、どうしたらいいのかわからないでいる。のどをつまらせながら、すすり泣く、そんな母さんは初めてだった。恐《おそ》ろしくてやりきれないけど、ぜんぶぼくのせいだ。

十五分ほどすると、泣き声がだんだんに収《おさ》まってきてきこえなくなった。部屋のなかを動きまわってるようすで、まもなくバスルームの蛇口《じゃぐち》から水が出る音がした。廊下《ろうか》に出てきたときには、母さんの顔は真っ赤で石のようにかたい表情《ひょうじょう》をしてた。

「母さん」ぼくは立ちあがった。「本気でいったんじゃないんだ」

「わかってる。こっちへいらっしゃい」母さんがいって、ぼくにむかって大きく腕《うで》を広げた。ほっとして腕《うで》のなかに入り、母さんを思いきり強く抱《だ》きしめた。

「大好きだよ」声がひび割《わ》れてる。「ごめん」

「大好きよ、シェーン。何よりも」ぼくの頭のてっぺんにキスをする。「あなたの気持ちがわかったわ。腹《はら》が立って、どうしようもなくむしゃくしゃしてる。大変な一週間だったものね」

「最悪だった。でも、あんなことというべきじゃなかった」

「たしかに、いわないでくれたらよかったけど」そこで悲しげな笑《え》みを浮《う》かべた。「わたしはね、自分に何かできることがあったらいいのにって、そう思っただけなの。でもどうやら、ずっとまちがったことをしてたみたい。どうすればいいのかわからないままに」

「少なくとも力になってくれようとした」ぼくはいった。「それだけでいいんだ」母さんを泣かせた自分がたまらなく情《なさ》けなかった。何があっても助けようと、いつもそばにいてくれたのに。そういう人を失ってしまった、と思ったときのあのつらさ。それを一瞬《いっしゅん》でも味わったことで、ようやく気づいた。ぼくが一番つらいのは、ひとりぼっちになることなんだ。

母さんがため息をついた。「チョコプリッツさえあれば、あなたを元気づけることができた、そんな昔が懐《なつ》かしいわ」

まるで待ってましたとばかりに、ぼくのお腹《なか》の虫が鳴った。「お腹《なか》へっちゃった」

「お任《まか》せあれ」母さんがいって、にやっと笑う。「店までひとっ走りして買ってくるわ」

「べつにチョコプリッツじゃなくてもいいんだ」すかさずいった。「食べられるものならなんでもいい」

「冗談《じょうだん》でしょ？　わたしはあれじゃなくちゃいや。もうずいぶん長いこと食べてないわ」

玄関《げんかん》のベルが鳴った。「アレハンドラだ」と母さん。「帰ってもらう？」

「いいんだ。やっぱり話したい気がする」

アレハンドラはミニスカートに黒のタンクトップを合わせ、かんぺきにメイクしてた。そのスタイルを見たとたん、母さんの眉《まゆ》がはねあがったが、よけいなことは何もいわず、「来てくれてありがとう。何か持ってきましょうか」と声をかけた。

「シェーンのお母さん、こんにちは」アレハンドラがいって、チュッチュッと、母さんの左右のほおに順番にキスをする。

母さんが声をあげて笑いだした。「もうキスをするあいだがらなんだから、わたしのことはレベッカと呼《よ》んでもらったほうがいいわね」

「レベッカ」アレハンドラがいった。「もしよければ、お水を一杯《ぱい》ください」

「もちろんよ。シェーンにコップの置いてある場所を教えてもらって。わたしはチョコプリッツを買いにひとっ走りしてくるから。あなたにも何か買ってきてあげましょうか？」

この家はどうなってるのかと、アレハンドラはぼくたち親子の顔をまじまじと見る。

「いいえ、あたしはけっこうです」

アレハンドラは妙《みょう》にかしこまってる。なかに入るなり室内にさっと目を走らせた。その視線《しせん》がこっちにむけられると、ぼくは恥《は》ずかしくなって、着てるスウェットをひっぱった。

「ずいぶんめかしこんでる」とアレハンドラが冗談《じょうだん》をいい、近づいてきてハグをする。ぼくのほおにも順番にキスをした。

「じゃあ、行ってくるわ。すぐもどってくるから」母さんがいってバッグをつかみ、ぼくらに手をふった。

「さてと」アレハンドラが一歩さがる。両手を腰《こし》にあてがい、ぼくをじろじろ見た。「見られたかっこうじゃないね」

「それはどうも」とぼく。

「学校でひどい目に遭《あ》ったって、お母さんがいってた。またあの、ろくでなしのしわざ？」そこでこっちにぐっと身をよせ、小声でいう。「怪我《けが》でもさせられた？」

「いや、そうじゃないんだ」ぼくはいった。「ただ、ガールフレンドにふられた。といっても、正式につきあってたわけじゃなくて、そうなりそうだった子だけど。そのあと親友が――」

アレハンドラのまなざしが優《やさ》しくなる。ぼくの腕《うで》を取って、ソファーへと導《みちび》く。「よし。じゃあ、じっくりきかせて」

すべて話すことにした。アレハンドラは話の合間に励《はげ》ますようにうなずいてくれる。更《こう》衣室《いしつ》でのできごとを話す段《だん》になると、もう平静じゃいられない。まるでもう一度その場に立ったような気分だった。チームのみんなが、ヘンタイを見るような目でぼくを見てる。そんなぼくを守ろうとしたジョシュが逆《ぎゃく》に大恥《おおはじ》をかいた。

話し終わっても、アレハンドラはぼくをじっと見てる。しばらくして口をひらいた。

「それだけ？」

「それだけでじゅうぶんでしょ？」わけがわからない。

「いや、つまり……そうだね、つらいことがたくさんあった。だけどお母さんの口ぶりだと、まるでいまにも崖《がけ》から飛びおりるんじゃないかって、そんな感じがしたんだけど」

「二日もベッドから出てないんだ！」どなるようにいった。「食事だってまともにとってない」

「うん、わかる。ただ、もっと大変な状況《じょうきょう》かと思って」

「これ以上大変なことがあるとでも？」

「うん、そう」暗い声でいった。「もっともっとひどい話をたくさんきいてる」

「そうか、ぼくの話は甘《あま》っちょろすぎて、期待に添《そ》えなくて悪かった」そういって、アレハンドラをにらんだ。

「ちょっと、あたしに怒《おこ》らないで」とアレハンドラ。「あたしはシェーンの力になりに来てる、そうでしょ？」

「べつに頼《たの》んでない」ぴしゃりといった。

「そう、わかった。じゃあ、帰るから」アレハンドラが立ちあがり、ショルダーバッグのストラップを乱暴《らんぼう》に肩《かた》にかけた。

玄関《げんかん》まで行きかけたところで、ぼくは声をかけた。「アレハンドラ、待って」

とまったけど、ふりかえりはしない。

「悪かった、あやまるよ。ちょっと、おかしくなってるんだ。母さんにもひどいこといっちゃったし。なんかもう、わけがわからないって感じなんだ。こんなの初めてで」

アレハンドラがくるっとふりかえり、片方《かたほう》の眉《まゆ》をつりあげた。「心が死んじゃったような感じ？」

「うん」ぼくはうなずいた。

「でもって、それをだれもわかってくれない？」

「まさにそう」

アレハンドラがぼくに歩みよる。「あたしにはわかる、シェーン。こういう経験《けいけん》をするのはあなただけじゃない。ほんとうに頭に来るし、納得《なっとく》いかないし。でもこれが人生なの」

「そのスピーチ、更衣室《こういしつ》じゃウケない」少し間を置いてぼくはいった。

「あたしはスピーチをしに来てるんじゃない」そういってぼくの肩《かた》を押《お》す。「現実《げんじつ》を直視《ちょくし》させようとしてるの。シェーンが好きだから」

「人生はムカつくもんだって、そういいたいわけ？」

「必ずしもそうじゃない」アレハンドラはまたソファーにすわり、足を組んだ。「悪いことといいことが手をつないでやってくる。結局のところ、自分が何を選ぶかであって、正しい選択《せんたく》をすることが重要。人を傷《きず》つけないような選択《せんたく》をね」厳《きび》しくいった。

「ぼくは母さんを傷《きず》つけた」

「そして、最近できた、輝《かがや》くばかりに美しい、驚《おどろ》くほど魅力的《みりょくてき》な友だちもね」そういってさっと髪《かみ》を払《はら》ってみせる。「みんながみんな、あたしたちみたいに恵《めぐ》まれてるわけじゃないんだよ。自分を大切に思ってくれる人がいて、本来の自分を受け入れてくれる。それが人生の『いいこと』」

「じゃあ、悪いことにはどう対応《たいおう》すればいいの？」

「選択肢《せんたくし》を考えてみて」ソファーに背《せ》をあずけて、ぼくの顔をじっくりながめる。

「まず、学校に行くことはできない」

「どうして？」

「だってみんな知ってる」

「だから？」アレハンドラが片方《かたほう》の眉《まゆ》をつりあげる。「知った人たちはどうすると思う？」

「わからない」またいらだちがつのってくる。「たぶん陰《かげ》でこそこそ悪口をいい続けるか、もっとひどいことをする。髪《かみ》にガムを投げつけてきたやつもいた」

「うわっ、サイテー」アレハンドラがいやそうに鼻のつけ根にしわをよせた。「あたしの友だちのソフィアも、同じことをされた。ただしソフィアはトランスジェンダーじゃなくて、単にみんなにきらわれてただけ。それでソフィアはどうしたと思う？」

ぼくは首を横にふった。

アレハンドラがにやっと笑う。「ガムを髪《かみ》からはがすと、口にぽんと入れて『ありがとう！』っていったの」

「何それ」ぼくは顔をしかめた。「オエッだ」

アレハンドラが肩《かた》をすくめる。「でも、それからは、ガムは飛んでこなくなった」

「自宅《じたく》で学習するって手もある」ぼくはいった。「アレハンドラのように」

「自宅学習《じたくがくしゅう》なんて、そんなにいいもんじゃないよ」スカートのしわをのばしてから先を続ける。「たとえば、毎日どんなにおしゃれしても、だれにも見てもらえない。来年は学校にもどるつもりだよ」

「ほんとに？」ちょっとびっくりした。「前と同じ学校に通うの？」

アレハンドラははげしく首をふった。「ありえない。じゃなくて、ハリウッド・ハイスクール。評判《ひょうばん》いいんだよ」

「それはいいね」ぼくは自分の手に目を落とした。もし、アレハンドラに再《さい》チャレンジするほどの勇気があるなら、それってすごいことだ。

「きっといずれみんなも飽《あ》きて、シェーンのうわさは立ち消えになる」アレハンドラが自信たっぷりにいった。

またあの教室のドアをくぐることを思っただけでぞっとして、ぼくにはやっぱり無理だと思える。「サンフランシスコにいる父さんと暮《く》らすこともできる」

「そうだね。でも六か月後にはたぶん同じことが起きる」そこで両手をぱっとあげる。「そうしたら今度はどこへ行く？」

たしかにそうだ。またニコのような人間があらわれて、人生をぶちこわしにされるたびに、新しい学校へ移《うつ》るなんてやってられない。一度失敗して、その一度でぼろぼろになった。同じようなことが何度も起きたら、とても対処《たいしょ》できない。

「わからない」むっつりといった。「アレハンドラならどうする？」

アレハンドラはぼくの顔をじっと見て考えこむ。「あたしにもわからない。正直いって、あたしには、そんなにたくさん選択肢《せんたくし》がないから」

「じゃあ、ぼくはラッキーってわけか」そういってもうれしくはない。

「とってもね」アレハンドラがまじめにいう。

玄関《げんかん》のドアがいきなりあいて、母さんが買《か》い物袋《ものぶくろ》をふたつかかえて入ってきた。「あらよかった、まだいてくれたのね！　いっしょにランチをいかが？」

「それは場合によりけりで。メニューはなんでしょう？」アレハンドラがきいた。

母さんが声をあげて笑う。「そうね、レンズ豆のスープか何かを温めるか、あるいは豆《とう》腐《ふ》のサンドイッチをつくってもいいわね」

アレハンドラがぞっとした表情《ひょうじょう》を浮《う》かべてぼくのほうをふりかえった。「お母さん、冗《じょう》談《だん》をいってるんだよね？」

「残念ながら、冗談《じょうだん》じゃないんだ」とぼく。「でも、豆腐《とうふ》サンドは食べてみると、これがなかなかおいしい」

「レベッカ、あたし失礼することにします」アレハンドラが立ちあがった。「家に帰らないと。今日は母に生物学のテストを受けさせられるんです」

「わかったわ。今日は来てくれてありがとう」母さんがいう。「またいつでも遊びに来てね」

「ええ、もちろんです」アレハンドラが腰《こし》をかがめてぼくのほおに軽くキスをした。耳もとでささやく。「忘《わす》れないで。どう選択《せんたく》するかだよ」ぼくはうなずいた。「ありがとう」「それと、メールを無視《むし》するのはやめなさい」そういって、ぼくの胸《むね》を指でつつく。「最初にいったはずだよ」

「ごめん。もう何日も見てないんだ」

「じゃあ、さっそく確認《かくにん》して。さよなら」ぼくの目の前でチッチッと指を左右にふってから帰っていった。

そのあとは、母さんといっしょにチョコプリッツをむさぼりながら、『ファイヤーフライ宇宙大戦争《うちゅうだいせんそう》』の全エピソードを見た。何回目かわからなくなるくらい見てるけど、何も忘《わす》れてマルコム・レイノルズと仲間たちの冒険《ぼうけん》にひたるのは悪くなかった。ウォッシュのくだらない冗談《じょうだん》に笑うことさえできた。ぜんぶ見終わったときには十時近くになってた。

「こんなすごいドラマが打ちきりになったなんて、いまだに信じられない」ぼくはお腹《なか》に両手をのせていった。ちょっと吐《は》き気《け》がしてた。チョコプリッツの大袋《おおぶくろ》をまるまる食べてしまうのは、そんなにいいことじゃないとわかった。

母さんがため息をつく。「でもって、今日あなたにこれほどたくさんのジャンクフードを食べさせてしまった自分も信じられない。〝今年最も活躍《かつやく》した母親〟に選ばれる可能性《かのうせい》はこれでなくなったわね」

「そんなことない」とぼく。「それはもう決まったも同然だ」

母さんがうれしそうに笑う。「そう思う?」

「百パーセントそう思う」

母さんがぼくの頭のてっぺんにキスをする。「疲《つか》れてるんじゃない?」

「うん」実際《じっさい》、目をあけてるのもつらくて、何日もぶっ続けで眠《ねむ》れそうだった。

「わたしもよ」母さんが大きくのびをしながらあくびをする。「そろそろ寝《ね》るしたくをするわ」

歯を磨《みが》いてパジャマに着替《きか》えると、スマートフォンを充電器《じゅうでんき》につないだ。一瞬《いっしゅん》ためらったあと、電源《でんげん》を入れてみる。

たくさんのメッセージが次から次へと飛びだした。アレハンドラから十件以上《けんいじょう》。そのほとんどが今週ずっと送ってくれてたのと同じ、ばかげたものだった。最後のメールは何時間か前に送られてた。ハリー・ポッターの本に出てきた一節が引かれてる。

「大事なのは選択《せんたく》なんだよ、ハリー。何ができるかなんてことより、どんな選択《せんたく》をするかで、ほんとうの姿《すがた》が明らかになるんだ、ハリー」

ぼくはにたりと笑って、「ありがとう」と返事を送った。

ほかのメールはぜんぶジョシュからだった。ひらくのが怖《こわ》くてしばらくためらったけど、もしひらかなかったら、内容《ないよう》を想像《そうぞう》して一晩《ひとばん》じゅう起きてることになる。ため息をついて、メールをひらいた。未読メールの最初の日付は火曜日の夜だった。

——おい、どうした!?

——本気で怒《おこ》ってるぞ。連絡《れんらく》しろ。

——学校に来てないのか?

——オレを無視《むし》するつもりか?

——そうか、めちゃくちゃ腹立《はらた》ってきた。おまえサイテー。

それを最後に終わってる。ぼくは目をぎゅっとつぶった。ジョシュに見捨《みす》てられた。きっともう二度と話しかけてはくれないだろう。胃のなかにまたあらわれた鉛《なまり》の玉のまわりでプリッツがぐちゃぐちゃにかきまわされてる。返事を書きたかったけど、何を書けばいいのかわからない。「すまない」と、なんとか文字を打ちだしたけど、送信を押《お》す勇気が出ない。

離《はな》れていく人はいる——アレハンドラの言葉が浮《う》かんできて目の前が真っ暗になる。どうやらそのひとりがジョシュらしい。

24

翌朝《よくあさ》目が覚めると、ブラインドのすきまからまぶしい日差しが差しこんでた。ブラインドをぜんぶあけて外をのぞく。まちがいなく暑くなりそうだった。腕《うで》を組んで窓《まど》から身をのりだす。芝刈《しばか》り機《き》の音とイヌの吠《ほ》え声《ごえ》が響《ひび》いてる。いつもと変わらない朝だ。悪いことなんか、何も起きなかったみたいだ。

ため息をつき、机《つくえ》に目をむける。ゴミ箱がなくなってた。夜のうちに母さんが持っていったんだろう。あのスケッチブックに費やした時間を思うと、こぶしに力が入る。実際《じっさい》にホーガンとウィロビーを抹殺《まっさつ》してしまったような気がする。ぼくの想像《そうぞう》がつくりだしたそのほかのものもぜんぶ。

だけど、これからもっといいのが描《か》ける。リュックのなかをさぐってペンケースを取りだし、新しいスケッチブックをひっぱりだした。机《つくえ》にもどり、新しいマンガの表紙をざっと描《か》いてみる。

HOGAN & SELENA
ホーガン&セレナ
スペースレイダース
SPACE RAIDERS

描《か》き終《お》わると、椅子《いす》に背《せ》をあずけ、それを目の前にかかげる。

また描《か》くのは気分がよかった。前の作品でつかったアイデアの多くが今回の話でもつかえるだろう。もちろんウィロビーも登場させる。ウィロビーを描《か》くのはほんとうに楽しい。それからセレナは、優秀《ゆうしゅう》な頭脳《ずのう》で作戦を率《ひき》いる役にして、ホーガンをもっとふざけたキャラにする。仲良しのじゃれあいみたいに、しょっちゅうケンカをするけど、そこに恋愛感《れんあいかん》情《じょう》はなくていい。ふたりは純粋《じゅんすい》な親友どうしとしよう。シリーズ物にして、毎回ちがう星を舞台《ぶたい》にいろんな冒険《ぼうけん》をする。地球を救うというミッションは、いま考えるとなんだか気が滅入《めい》るので、そうじゃなくて、未知の領域《りょういき》に突《つ》き進《すす》んでいく話にしよう。どの星もそれぞれに特徴《とくちょう》があって、ある星は全土を氷におおわれてて、またある星じゃ何もかもがばかでかくて、その星の基準《きじゅん》だとホーガンとセレナはアリと変わらない大きさになる。たくさんのアイデアが次から次へとあふれだしてきて、胸《むね》が躍《おど》る。すっかり夢中《むちゅう》になってたので、玄関《げんかん》のベルが鳴ったのにも、気づかなかった。

しばらくしてよく知った声がきこえてきた。ぼくは立ちあがってリビングにかけこんだ。父さんがそこにいて上着を脱《ぬ》いでる。「やっぱり、こっちは暑いなあ。やあ、シェーン！」

ぼくは飛びついていった。「父さん！」

「あした、大事な試合があるんだろ？　それに乗っかって今週末はこっちですごそうと思ってね」そういって、ぼくをぎゅっと抱《だ》きしめる。肩越《かたご》しにサマーが見えた。廊下《ろうか》に居《い》心地《ごこち》悪そうに立ってる。

「あなたがサマーね」母さんがこわばった口調でいい、握手《あくしゅ》の手をさしだす。

「はい、はじめまして！」サマーが母さんの手をにぎり、大きく上下に動かして力強い握《あく》手《しゅ》をする。サマーはアイロンのかかったぱりっとしたスラックスをはき、ブレザーのなかに高そうなシャツを着こんでゴールドのネックレスをじゃらじゃらつけてる。「連絡《れんらく》もせずにすみません。驚《おどろ》かれたでしょう」

「いえ、うれしいわ」母さんが小さな笑《え》みを浮《う》かべた。

父さんがぼくの頭をぐりぐりなでる。「まだパジャマ姿《すがた》じゃないか？　今日は学校の記念日か何かか？」

母さんとぼくは目を見合わせる。「父さんにいってないの？」

「連絡《れんらく》したら、あなたが怒《おこ》るんじゃないかと思って」母さんが申《もう》し訳《わけ》なさそうにいう。

「いったいなんの話だ？」と父さん。

「ぼくは試合に出ないんだ」床《ゆか》に目を落としたままいう。

「どうして？」父さんは驚《おどろ》いてる。「おまえはチームの花形ピッチャーだと思ってたが。具合でも悪いのか？」ぼくの顔をのぞきこむ。

「そういうわけじゃないんだ。じつは――」そこでちらっとサマーを見る。「みんなの前では話せない」

「わかった」サマーが両手をぱっとあげた。「わたしは車のなかで待ってるから」

「まあ、そんな必要はないわ」と母さん。「キッチンでお茶でも飲んでましょう」

誘《さそ》いというよりは命令だ。サマーの顔から笑《え》みが消えた。それでも母さんのあとについてキッチンに入っていった。

事情《じじょう》を話すために、父さんを自分の部屋へ連れてきた。例によって、じっとしてることができない人だった。ふらふら歩きまわって、何か持ちあげたかと思うと、またべつのものをつっついてる。机《つくえ》の上に置いてあるスケッチブックを取りあげた。「これ、すごいじゃないか！」

「ありがとう」いいながら、父さんからスケッチブックを奪《うば》いたくてしょうがない。白紙のへりをつかまずに、絵に直接《ちょくせつ》指を当ててるのであとがつきそうだった。

「これはマンガだな？」

「そう」

「いいねえ」父さんがスケッチブックを机《つくえ》にもどしていう。「それで、試合に出ないというのはどうしてなんだ？」

それからぜんぶ話して、ガムを投げつけられたことも隠《かく》さず伝えた。しまいには、父さんはこぶしをにぎり、こめかみの血管がぴくぴく動きだしてた。ぼくは最後まで泣かずに話せた。

「うそをついているのはまちがいだと、母さんにはいったんだ」父さんが首をふりながらいう。

「でも、知ったらすぐ、みんなはこういう態度《たいど》を取って、それがずっと続いたんだよ」言《い》い訳《わけ》するような口ぶりになる。「きっと友だちなんてひとりもできなかった」

父さんがため息をつく。「そうか、おまえのいうとおりかもしれない。ごめんな、シェーン」そこで、苦しそうなまなざしをむける。「昔のように、父さんがなんとかしてやれないのがつらい」

「いいんだ」父さんが基本的《きほんてき》に母さんと同じことをいってるのがおかしかった。

「じゃあ、学校へもどるのか？」

「さあ、どうかな」ぼくはいって、自分の両手を見る。「たぶん」

「父さんとサマーといっしょに暮《く》らしたっていいんだぞ。ふたりとも喜んで迎《むか》える」

「もういっしょに暮《く》らしてるの？」

「先週うちに引《ひ》っ越《こ》してきた」うしろめたそうにいう。「電話でおまえに話しておくべきだったな」

「でもぼくら、電話は苦手だから」ほんとうだった。スカイプで連絡《れんらく》を取りあってるんだけど、たいてい話はほんの数分しか続かない。父さんが学校や野球についてたずねてきて、ぜんぶ順調だとぼくは答える。ぼくのほうは父さんに、テレビゲームでどのレベルまでいったかきいて、父さんが答える。それで話はすんでスカイプを切る。

「そこは改善《かいぜん》しないとな」父さんがいって、ぼくにむかって腕《うで》をのばす。「おいで」

ぼくは父さんの肩《かた》に頭をのせた。ひげそり用のローションとユーカリのにおいがする。小さいころによく父さんに抱《だ》っこされて、胸《むね》にかじりついたままベッドまで運ばれた。あのときの記憶《きおく》がよみがえってくる。

サンフランシスコに引《ひ》っ越《こ》して、新しい学校で一からやりなおさないかという提案《ていあん》には心ひかれた。だけどアレハンドラのいうことは正しい。学校を変わったところで、また同じことが起きないという保証《ほしょう》はない。「やっぱりここで踏《ふ》んばるしかないと思う」ぼくはいった。「ぼくがいなくなったら母さんがすごくさみしがる」

「そうだな」長い間のあと、父さんがいいたした。「父さんも、もっとここに来るようにする」

「それはうれしいな」もう野球もやめたから、これからは自由な時間が増《ふ》える、といいそうになったけど、そう考えただけで胸《むね》が痛《いた》んだ。

まるでぼくの思いを読み取ったかのように、父さんがいう。「試合に出ないというなら、かわりに何か楽しいことをしよう。サマーがおまえのことをもっとよく知りたいといってるんだ」

サマーの名前をきいて、ぼくは母さんのことを思いだした。ふたりでどんな話をしてるだろう？　きっと思いっきり気まずいにちがいない。「キッチンにようすを見に行こう」「ちょっと待て」父さんがいって上体をそらし、ぼくをじっと見る。「おまえはだいじょうぶなのか？」

「なんとかなるよ」口にしてみて、ほんとうにそうだと気づいた。最悪の一週間だったけど、いまはもうホラー映画《えいが》を見てる気はしなかった。あとはかんたんという感じじゃないし、まだ楽しい未来は想像《そうぞう》できない。それでもアレハンドラのいうとおり、ぼくには選択《せんたく》肢《し》がある。ありのままのぼくを愛してくれる人たちもいる。そのほかのことは、なんとかなるはずだ。

夕食を食べに、父さんとサマーがぼくの好きなメキシコ料理の店に連れていってくれた。うるさくて、照明がまぶしくて、店内は大混雑《だいこんざつ》だ。べたつくメニューをわたされて、サマーは顔をしかめたけど、いざ料理が運ばれてくると、ガツガツ食べだした。ぼくは好物のチキン・エンチラーダをサルサソース増量《ぞうりょう》で注文した。ぼくもむさぼるように食べた。何日もろくに食べてなかったあとだから、気絶《きぜつ》しそうなくらいおいしく感じられる。

食事中ひっきりなしに、サマーは結婚式《けっこんしき》の話をしてた。来年の六月にナパ・バレーのブドウ畑で行うらしく、大きなイベントになりそうだった。花がどうの、音楽がどうのと、サマーは事細かにしゃべってる。しばらくきいてたけど、あとはきき流した。父さんもあまりきいてないらしく、ときどきうなずいて、「そうそう」と合いの手を入れるだけだ。

「ごめんなさい」サマーがぼくに悲しげな目をむける。「結婚式《けっこんしき》の話なんて、退屈《たいくつ》よね？」

ぼくは肩《かた》をすくめた。ほんとうのことをいえば、ぼくの頭に、花嫁《はなよめ》つきそいの女の子になれといわれたときのことがよみがえってきてた。あのときは、人生最悪ランキングのトップにランクインすると思ってた。それをニコのやつが一気にぬいた。

「じつはね」サマーがマルガリータをひとくち飲んでからいった。「シェーンにちょっと話したいことがあって」

「いいよ、話して」いいながら身がまえてる。

「ほら、前にわたしのまたいとこの話をしたことがあったでしょ？　ジョーダンって名前なんだけど。彼女《かのじょ》はその……あなたと同じで」こまったような顔になる。

「ああ、覚えてる」トランスジェンダーのまたいとこがいるといってた記憶《きおく》がかすかに残ってた。

サマーは髪《かみ》を耳にかけてからいう。「でね、ジョーダンはバーモントに二週間のキャンプに出かけるの。それがほんとうにうれしいみたい」

「トランスジェンダーのキャンプ？」ぼくはいった。

サマーがうなずき、父さんのほうをちらっと見た。父さんがそういう活動に賛同《さんどう》するとは思えなかったのに、驚《おどろ》いたことにぼくに期待のこもった目をむけてきた。

「そこで何をするの？」ＰＦＬＡＧ《ピーフラッグ》で一日すごすときのことを思いだしてた。月に数時間程度《ていど》なら、なんてことはないけど、ぶっ続けで二週間っていうのは大変そうだ。「それって……セラピーみたいなもの？」

「いいえ、ぜんぜんそんなんじゃないの」サマーが声をあげて笑った。「ふつうのキャンプで、アーチェリーやカヌー、絵画や工作なんかをして……」

「この秋に家族で参加するイベントがあるんだ」父さんがいった。「まずはそれに三人で参加するっていうのがいいんじゃないかな」

「あるいは、あなたたちふたりで」サマーがすかさずいう。「わたしもすごく行きたいけど、ふたりきりの時間も必要でしょうから」

「それ、いいかも」またエンチラーダに意識《いしき》をもどしていう。結局サマーはそんなに悪い人じゃないんだろう。それにこれから家族の一員になるんだから、父さんのいうとおり、お互《たが》いをもっとよく知るべきだ。「サマーもいっしょに行こう。ゴルファーの仕留《しと》め方《かた》を父さんが教えてくれるよ」

「あれは事故《じこ》だ！」父さんがいう。

「ゴルファーを撃《う》ったの？」サマーが目を大きく見ひらいてきく。

「もうちょっとで。ほら、ゴールデンゲートパークのアーチェリー競技場《きょうぎじょう》は、ゴルフコースのすぐとなりにあるでしょ？　それで、射《い》そこねた父さんの矢がフェンスのむこう側に飛んでって、ゴルファーをかすった」そういってぼくはにんまり笑った。

「あれがアーチェリーをした最後だった」と父さん。

「ゴルフもだね」とぼく。「あそこからは永久追放《えいきゅうついほう》を食《く》らったようなもんだから」

サマーがゲラゲラ笑った。父さんが両手をあげていう。「悔《くや》し紛《まぎ》れにいうわけじゃないが、ゴルフなんてマヌケなスポーツだ」

「賛成《さんせい》」ぼくがいい、みんなでグラスをぶつけて乾杯《かんぱい》した。

「じゃあ、イベントは申しこんでおくわね」サマーがうれしそうにいった。それからまたメニューを手にとっていう。「チュロス食べたい人いない？」

25

朝までぐっすり寝《ね》た。目が覚めてもぐずぐずして起きあがらず、眠気《ねむけ》を追《お》い払《はら》おうと目をこすってる。十時近かった。まもなくカーディナルズのメンバーは地区トーナメント戦の開催地《かいさいち》にむかうバスに乗る。長いこと、野球が生活の大きな部分を占《し》めてきた。いつでもチームはぼくが心からほっとできる場だった。それがもうなくなると思うと、まったくやりきれない。チームメイトがぼくを見るまなざしと、ジョシュの傷《きず》ついた顔が目に浮《う》かぶ……ある意味、野球ができなくなることより、チームにいられなくなることのほうがずっとつらい。

部屋にべたべた貼《は》られたジャイアンツのポスターが、どれもぼくをあざ笑ってるように思える。寝返《ねがえ》りを打って壁《かべ》をじっと見る。

玄関《げんかん》のベルが鳴った。サマーと父さんだとしたら、いくらなんでも早すぎる。母さんが大声でぼくを呼《よ》ぶ。「シェーン！　あなたにお客さんよ！」

母さんの声はなぜか緊張《きんちょう》してた。ぼくは眉《まゆ》をひそめた。アレハンドラかな？　重い足取りで部屋を出て歩いていったところ、足が凍《こお》りついた。

ジョシュが玄関《げんかん》に立ってる。遠征《えんせい》試合用のユニフォーム。赤いシャツに白いズボン、赤い野球帽《やきゅうぼう》にはカーディナルズの文字。そわそわしたようすで、手にしたグローブを何度もひっくりかえしてる。

「やあ」ジョシュがいった。

「やあ」顔を合わせるのが気まずくて、両手をポケットのなかにつっこんだ。「もうバスに乗ってるはずじゃないの？」

「ああ」そういって、ぼくから目をそむける。

母さんがキッチンでバタバタしてる音がする。まるでわざと鍋《なべ》やポットなんかをぶつけて音を立ててる感じ。「いい結果を祈《いの》ってる」ぼくは力なくいった。

「メールの返事がぜんぜん来なかった」いきなりジョシュがいう。

ぼくはくちびるをかんだ。「ごめん。ただ——なんて書いていいのかわからなかった」

「じゃあ、そう書いてくれればよかったのに」ジョシュは責《せ》めるようにいう。「少なくとも無視《むし》よりはいい」

「もうぼくとは二度と口をききたくないんだと思ってた。それに、ジョシュにうそをついてて、ずっと心苦しく思ってた」

「そうさ、ばかだよ」ぼそっといってグローブをにらむ。「ひとことといってくれればよかったんだ」

ふたりしてしばらくその場に立《た》ち尽《つ》くしてる。ジョシュの訴《うった》えに対して、ぼくはうまい答えが見つからない。ジョシュが正しいからだ。ジョシュを信頼《しんらい》して、たとえ恐《おそ》ろしくても事実を話すべきだった。これがふたりで話せる最後のチャンスになるんだろうか。たぶんこれからジョシュはぼくを避《さ》けるようになる。学校の廊下《ろうか》ですれちがっても、ぼくなんか見えないかのように、だまって行ってしまうんだろう。考えただけで胸《むね》が苦しくなった。

「つまり、おまえは女なんだな？」ジョシュがとうとう口をひらいた。

「そういうわけじゃないんだ。説明するのが難《むずか》しい」ちょっとためらってから、思いきっていった。「ずっと男のふりをしてたってわけじゃないんだ。おまえの知ってる男のぼくが、ほんとうのぼくなんだ。ただ、まちがった身体で生まれてきた」

「うちの母ちゃんがそういってた」ジョシュがいう。キッチンからきこえてた鍋《なべ》やポットのぶつかる音がいつのまにかやんでた。「ムカつく」

ぼくの生まれた状況《じょうきょう》をムカつくと思ってくれてるのか、それともずっと隠《かく》してたぼくにムカついてるのか。どっちにしても、事実が明らかになったことで気持ちが楽になってた。

これが最後のチャンスになるかもしれないのだから、思ってたことをすべて話してしまったほうがいい。勇気をふるってぼくは話しはじめた。「サンフランシスコじゃ、ジョシュみたいな友だちはいなかった。友だちはいたけど、ちがうんだ。あっちの友だちは、つきあいながらも、ぼくのことがよくわかってなかった。でもジョシュは――」そこでいったん口を閉《と》じて言葉をさがす。「ジョシュはほんとうのぼくを見ぬいて、そのぼくを気に入ってくれた。それでぼくも自分が好きになった」

ジョシュは居心地《いごこち》が悪そうだった。でもジョシュを責《せ》められない。居心地《いごこち》が悪いのはぼくも同じだった。ジョシュは首を横にふった。「ぜんぜんわかんなかった。だって、おまえ、オレより男らしいじゃん」

ぼくは照れくさくなって肩《かた》をすくめた。ふだんなら何かジョークで返すところだったけど、この場面にそれはふさわしくない気がした。「見捨《みす》てられたと思ってた」

ジョシュが顔をしかめる。「なんで?」

「さあ。だって事情《じじょう》が変わったから」

「おいおい、シェーン」ジョシュが首を横にふる。「おまえはオレの親友だ。親友は見捨《みす》てない」

ブラインドはまだおりてるのに、あらゆるものにどっと光がふりそそいだみたいだった。

「じゃあ、怒《おこ》ってないの？」

「いや、怒《おこ》ってる」ジョシュがいって、ふんと鼻を鳴らす。「おまえはチームのみんなの前で、オレをコケにした。ただ、わかる気もする。だれにだっておおっぴらにしたくないことはある。そうだろ？」

ぼくは思わず笑った。「たとえば、おまえのヘンな足の親指とか？」

「どこがヘンだよ」ジョシュが自分をかばうようにいう。

「だってそうだろ。ほかの指の三倍はある」まじめな顔で彼《かれ》の足をしげしげと見る。「よく靴《くつ》のなかに収《おさ》まってるよなあ」

ジョシュが吹《ふ》きだし、ぼくもいっしょになって笑った。野球もマデリンも失ったけど、ジョシュは失ってなかった。アレハンドラのいったとおりだ——離《はな》れていく人はいるかもしれないけど、大事な人は離《はな》れていかない。「もう行ったほうがいい。遅《おく》れて監督《かんとく》に怒《おこ》られる」

「ああ、そうだな」そこで眉間《みけん》にしわをよせ、ぼくのパジャマを指さす。「おまえはどうなんだ？　まだ着替《きか》えてもいないじゃないか」

「着替《きか》えるって、なんのために？」

「試合だよ、バーカ」

ぼくはジョシュの顔をじっと見た。「いったいなんの話？　ぼくはチームをやめたんだよ」

「ああ、おまえはやめたつもりかもしれない」そういうと、さっさと外へ出ていこうとする。「だがチームはおまえをやめさせちゃいない」

ジョシュが外に出ろとぼくに手で示《しめ》す。ゆっくりあとについてポーチに出ていった。

スクールバスが一台、無理な体勢《たいせい》で縁石《えんせき》にとまってて、チームのメンバー全員がユニフォーム姿《すがた》でぼくの家の芝生《しばふ》に立ってた。監督《かんとく》もいる。ぼくを認《みと》めると、みんながいっせいに声をはりあげた。「来いよ、シェーン！」「おい、おまえなんてかっこうしてんだ？」「行くぞ！」

ジョシュが片方《かたほう》の眉《まゆ》をつりあげてみせる。「そういうことだ。で、当然行くんだろうな？」


地区トーナメント戦は大学のキャンパスにある本物の野球場で開催《かいさい》される。巨大《きょだい》なスペースに大勢《おおぜい》の人がつめかけてて、グラウンドに出てみたけど、観客席にかたまってすわってる母さん、父さん、サマーを見つけるまでにずいぶん時間がかかった。ぼくを見ると、三人そろって大きく手をふってくれた。

最初の数イニングは緊張《きんちょう》のしっぱなしだった。最後に投げてからもうずいぶん時間がたってたから、まったく調子が出ない。三回で三点とられた。それでもチームメイトはずっと励《はげ》ましてくれて、四回に入って感覚がもどってきた。

そのあとは結局、投手対決となった。まずは敵《てき》のピッチャーに次々と三振《さんしん》を奪《うば》われ、そのあとぼくが同じように敵《てき》のバッターを三振《さんしん》に打ち取っていく。

九回裏《うら》、ムスタングズの最終攻撃《こうげき》となった。点数は四対三。すでにこっちは打者ふたりを三振《さんしん》で負かしてる。あとひとり打ち取れば、カーディナルズの勝ちだ。

スタジアム全体が息をのむなか、ニコが打席に登場した。

よし、これで舞台《ぶたい》はととのった。見てろよ。マウンドに立つぼくは、目を閉《と》じて深く息を吸《す》った。やつに気持ちを乱《みだ》されちゃいけない。これまでに三度、三振《さんしん》で打ち取ってる。今日は二回で一点とられてはいたが。

集中しろと、自分にいいきかせる。打ち取るんだ。

目をあけて、前にかがむ。キャッチャーのコールが速球を投げるようサインを送ってくると、ぼくは首を横にふった。マスクの奥《おく》で彼《かれ》が顔をしかめる。もう一度コールが同じサインを送ってきたが、ぼくは無視《むし》した。

速球には自信があったが、ニコは強打者だ——もしうまく当てれば、ホームランになる可能性《かのうせい》がある。それだけはぜったいに避《さ》けたい。

かわりにチェンジアップでいく。ふいをつかれたニコは、早まってバットをふった。

ワン・ストライク。ニコが怒《おこ》って歯をむきだしにした。スパイクから土をはたき落とすと、ふくれっつらで、腰《こし》を前後にくねくねさせながらポジションにつく。球をにぎる手に思わず力がこもった。この試合でやつはずっとああやってふざけたまねをしてる。

気にするなと、自分にいいきかせる。とにかく落ち着け。

今度は速球。ニコのバットが球をとらえた瞬間《しゅんかん》、心臓《しんぞう》がとまりそうになった。球は空高く舞《ま》いあがって弧《こ》を描《えが》き……。

……観客席へ飛びこんだ。ファウル。「ツー・ストライク！」アンパイアがさけんだ。

あともうひとつだ。自分がチームメイトに胴上《どうあ》げされて、ニコがバットを放り投げて足を踏《ふ》みならして退場《たいじょう》する場面を目に浮《う》かべる。最高のイメージトレーニングだった。

残念ながらそれで気が散ってしまい、次の球はホームベースの外角にそれた。「ワン・ボール！」アンパイアがさけぶ。

「女みたいな球！」ニコが大声でいう。

観客席から怒《いか》りの声があがり、アンパイアがいう。「口をつつしみなさい。同じことをやったら退場《たいじょう》にする」

「はいはい」そういってから、ニコはこっちをふりかえり、ぼくにウィンクをする。頭に血がのぼった。走っていってやつのバットを奪《うば》い、それでめった打ちにしてやりたい。

怒《いか》りが顔に出てたんだろう。コールがタイムを要求してマウンドに近づいてくる。

「落ち着いてるか？」心配そうにいう。

コールの肩越《かたご》しに、ニコがニヤニヤと、こっちにむかって薄《うす》ら笑《わら》いを浮《う》かべてるのが見えた。「いや、あんまり」

「やつはばかだ」コールがきっぱりいう。「相手にするな」

「わかった」ぼくのいい方が気になったのか、コールがまたマスクを上げた。

「よくきけ」熱のこもった口調になる。「おまえは勝たなきゃいけない。勝てばメンバーの見方は大きく変わる」

「うん、わかった」

コールはまたマスクをおろし、ぼくの肩《かた》をぽんとたたいてから、小走りでホームベースにもどった。

かっかするな。ぼくは自分にむかっていいきかせる。ニコはホームベースのへりをバットでたたいてた。キスをするようにくちびるをつきだし、まつげをパタパタさせる。

我慢《がまん》の限界《げんかい》だ。渾身《こんしん》の力をこめて球を投げた。

頭の数センチ先に飛んできた球をニコがのけぞってよける。倒《たお》れそうになった彼《かれ》にアンパイアが腕《うで》をつきだして支《ささ》え、「ツー・ボール！」とさけんだ。

ニコはよしよしと首をふる。まるで予想どおりというように。ふたたびバットをかまえた。

ぼくは雄牛《おうし》のように鼻ではげしく息をしてる。ニコを思いっきりにらみつけると、相手は挑戦的《ちょうせんてき》にこっちにあごをつきだしてきた。さあ、どうするつもりだ？

ぼくは口をひんまげて、しかめっつらをつくった。今度も大きくふりかぶって、まったく同じ球を投げた。

観客席が息をのんだ。猛《もう》スピードで飛んできた球が顔に当たりそうになって、ニコがとっさによけて倒《たお》れる。球はホームベースのうしろのフェンスに激突《げきとつ》し、金網《かなあみ》にめりこんだ。

「何すんだよ！」ニコがどなり、ユニフォームを手で払《はら》う。

コールが直立したまま、またマスクを上げてる。マウンドに行こうかと、手で合図をするぼくは首を横にふった。

何人かがアンパイアに、ぼくを退場《たいじょう》させるよう要求してる。本気で怒《おこ》ってるのが口調からわかる。首をねじって肩越《かたご》しに見ると、母さんと父さんがまったく同じ心配の表情《ひょうじょう》を浮《う》かべてた。サマーの顔はチョークのように真っ白になってる。

監督《かんとく》が小走りでかけよってきた。来なくていいと手で示《しめ》したのにだめだった。

「どうなってるんだ、シェーン？」監督《かんとく》がきく。

「なんでもありません」ぼくはいった。「だいじょうぶですから」

「ディランと交代するか？」

「いやです！」きっぱりといった。

監督《かんとく》はぼくをさぐるように見る。「もう少しでやつの首を落とすところだったんだぞ。」

あんな球を投げるおまえを見たのは初めてだ。

「お願いです監督《かんとく》……続投させてください」

監督《かんとく》は迷《まよ》ってる。ぼくは息をつめて待つ。「わかった」とうとう監督《かんとく》が覚悟《かくご》を決めた。

「だが気をつけろよ。もう一度同じことをやったら、ひっこめるからな」

それだけいうと、ダッグアウトへのっしのっしと歩いていった。ぼくは前かがみになり、手のなかで球をまわす。ひんやりして、なめらかで、安心感がある。

コール、アンパイア、ニコは、所定の位置についてる。ニコはもう腰《こし》をふってはいない。脅《おび》えてるようだった。

かんぺきだ。まさに望んだとおりの展開《てんかい》だった。前の二球とまったく同じように大きくふりかぶる。スタジアム全体が息をのみ、今度こそ球が打者に激突《げきとつ》すると、身がまえてる。

球が手から離《はな》れた瞬間《しゅんかん》、世界がスローモーションになった。猛《もう》スピードで飛んでくる球に目を大きく見ひらくニコ。用心してうしろにさがるアンパイア。

最後の瞬間《しゅんかん》、球が方向を変えた。バシッ！　コールのミットに飛びこんでいい音を立てた。

かんぺきな変化球。

ニコはバットをふりもしなかった。ガタガタふるえてバッターボックスから出ていった。

「スリー・ストライク！　バッターアウト！」アンパイアが宙《ちゅう》に指をつきつけてさけび、観客席からどっと歓声《かんせい》があがった。

ジョシュが真っ先にかけよってきた。ぼくの胴《どう》に腕《うで》をまわして抱《だ》きあげ、悲鳴のような歓声《かんせい》をあげてる。チームのほかのメンバーもジョシュのあとに続き、ぼくは文字通り宙《ちゅう》に持ちあげられた。観客席からも大勢《おおぜい》がグラウンドにおりてきて歓声《かんせい》をあげ、ぼくの名を呼《よ》び続《つづ》けてる。

みんなに肩車《かたぐるま》されながら、グラウンドを一周する。観客席で母さんと父さんとサマーが飛びはねて手をたたいてる。ここまでいい気分になることがあるなんて、想像《そうぞう》もしなかった。うれしさに胸《むね》がいっぱいになって、はちきれそうになってる。両手をあげて頭をのけぞらせ、この瞬間《しゅんかん》を全身で味わう。これが勝利の感覚。まるで空を飛んでるような感じだ。全世界がぼくの名前を連呼《れんこ》してるようだった。

26

「つまり、最初から仕組んでたってことか？」ジョシュにきかれた。ぼくらを乗せたバスが学校の駐車場《ちゅうしゃじょう》でとまり、みんながぞろぞろおりたあとだった。

「まあそういうこと」ぼくはいって、お腹《なか》をなでた。監督《かんとく》がピザを食べにみんなを連れていってくれて、レストランのなかでも、学校にもどる帰りのバスのなかでも、お祝いが続いた。いまもぼくらのまわりで、みんながハイタッチをしあい、試合をふりかえって興奮《こうふん》してしゃべってる。チームメイトのほとんどが、ぼくの背中《せなか》をぽんとたたいてから、それぞれの親の車にむかう。コールのいうとおりだった。もし勝ってなければ、だれもこんなことはしないだろう。

「まいったぜ」ジョシュが首をふりふりいう。「一瞬《いっしゅん》オレは、おまえがおかしくなっちまったのかと思ったよ」

「そこが作戦のキモだ」ぼくはいった。

ジョシュがくっくと笑う。「マジでニコのやつ、めそめそ泣きだしそうだった」

ぼくはにっこり笑った。「なかなかいい見物《みもの》だった」

「オレたち、やったな？」ジョシュがこぶしをかかげ、ぼくはそこに自分のこぶしをぶつけた。「そうだ、あしたうちに来ないか？　新しい『スカイランダーズ』が手に入ったんだ」

「だめなんだ。父さんがドジャースの試合に連れていってくれる。おまえもよかったら、いっしょにどうだ？」

「すげえ！」ジョシュが声をはりあげた。「ドジャースが負けるのを見られるなんて、うれしすぎる！　じゃあ、またあしたな！」

「ああ、楽しみにしてる」

「最高だぜ！」ジョシュが首をねじっていう。「チーム・ジョシューン！」

ぼくもこぶしをつきあげて、それにこたえる。「チーム・ジョシューン！」それからゆっくりと母さんの車へ歩いていった。この日を終わらせたくない。助手席に乗りこんだら、幕《まく》がおりるような気がしてた。この瞬間《しゅんかん》をびんにつめてしまっておいて、つらいときにひとくち飲んで、またこの気分を思いだす。そんなことができたらどんなにいいだろう。

「殊勲賞《しゅくんしょう》のピッチャーにハグしてもらえるかしら？」母さんがいって腕《うで》を大きくひらいた。

「母さん」ぼくはいった。「こんなところで？　恥《は》ずかしすぎるよ」

母さんがにやっと笑う。「じゃあ、こぶしをぶつけあうのは？」

ぼくは喜んで自分のこぶしを母さんのこぶしにぶつけた。駐車場《ちゅうしゃじょう》の車はほとんど出ていってしまってがらがらだった。午後も遅《おそ》い時間で、夕日が野球のグラウンドを照らして、芝生《しばふ》の上に長い影《かげ》がいくつものびてる。まるで選手たちがそこに立ってるみたいだった。

「まだ帰る気がしない？」母さんがきく。

「うん」ぼくはいった。ふたりして車によりかかる。

「で、いまどんな気持ち？」

山ほどの気持ちがわきあがってた。試合に勝って興奮《こうふん》する気持ち。ジョシュがまだ友だちでいてくれてほっと安心する気持ち。父さんに試合を見てもらってうれしい気持ち。だけど、そういった気持ちの下にまだ、月曜日に学校へ行ったらどうなるか、恐《おそ》れる気持ちもあった。

「どうなの？」母さんがせっつく。

「希望が見えてきた」とうとういった。「何よりも、そう感じてる」

エピローグ

「さあ、グアポ。あたしと踊《おど》って」アレハンドラに椅子《いす》からひきずりおろされた。

「やだって。ダンスなんてできない」ぼくはタキシードの襟《えり》をひっぱった。今日まで生きてきて、これほど居心地《いごこち》の悪いかっこうをしたのは初めてだ。若《わか》いころのジェームズ・ボンドみたいですてきよ、とアレハンドラはいった。お世辞がまじってるんだろうけど、それでも去年より背《せ》が数センチのびてるし、ぐんとたくましい体つきになった。まもなくがらりと変わると、アレハンドラがいってたとおりだった。

「心配しないの」とアレハンドラ。「あたしがリードするからだいじょうぶ」

手を引かれるままに、しぶしぶダンスフロアに出ていく。六月はじめのさわやかな夜。ブドウ畑のまんなかのみずみずしい芝生《しばふ》の上に、木のパネルが敷《し》かれてた。整然と並《なら》んだブドウの木は見わたすかぎりどこまでも続いてる。楽団《がくだん》がサルサを演奏《えんそう》してて、ほかのゲストの大半はもうすでに踊《おど》りはじめてた。おじいさん、おばあさん、親とその子どもたち。

ダンスフロアのまんなかまで出たところで、アレハンドラがぼくの両手を取った。パチンとウィンクすると、ぼくのまわりで踊《おど》りはじめ、こっちはぶざまに足をひきずることになった。

「ほらね？　ぼくは無理なんだって！」トランペットの音に負けないように声をはりあげる。

「たしかに」アレハンドラが認《みと》めた。「でも心配ないよ。あたしがみんなの視線《しせん》をひとりじめにしてるから。だれもシェーンを見てない」

ぼくはゲラゲラ笑った。自分でいうとおり、アレハンドラは驚《おどろ》くほど美しかった。きらきらした赤いドレスにハイヒール。メイクもばっちりでずいぶん大人っぽく見える。

「来てくれて、ありがとう」ぼくはまたお礼をいった。

「何いってんの。結婚式《けっこんしき》って大好き！」

父さんとサマーが少し離《はな》れたところで踊《おど》ってる。ぼくと目が合うと、父さんが親指を立ててみせた。サマーもきれいだったけど、これは母さんには内緒《ないしょ》にしておく。父さんはネクタイをゆるめ、シャツの一番上のボタンをはずしてた。いつも以上に乱《みだ》れた髪《かみ》で、ニヤニヤ笑いがとまらない。どちらも幸せそうで、それを見てるぼくのほうも幸せな気分になった。

ぼくは新郎《しんろう》のつきそい役を務《つと》めた。それで式の進行中はずっと父さんのとなりに立ってて気分がよかったんだけど、乾杯《かんぱい》のあいさつが恐怖《きょうふ》だった。みんなが期待をこめて見守るなか、スピーチをメモしたカードを必死になってめくっていき、最初のカードをさがす。どういうわけだか順番がおかしくなってた。

結局、あれだけ念入りに準備《じゅんび》したスピーチをあきらめ、思いつくままにしゃべりだした。

「父さんとサマーの結婚《けっこん》を心からうれしく思っています。ぼくにはまださほど恋愛経験《れんあいけいけん》はありませんが」――そこで会場から笑いが起きたのは、どうしてなのかわからない――「でも、愛情《あいじょう》の結びつきは、人を豊《ゆた》かにするということは知ってます。一たす一は二だといわれますが、真剣《しんけん》に人を好きになると、三に、あるいは四にもなるのだと思います。一番大切なのは、ありのままの自分を好きになってくれる相手を見つけることで、自分の内側の、他人に見せるのが怖《こわ》いような部分を、ちゃんと見て受けとめることができる相手を見つけることだと思います。そんな相手をともに見つけた父さんとサマーは、ほんとうによかった。ぼくのいいたいことは以上です」

それだけいって、唐突《とうとつ》に腰《こし》をおろした。心のなかで、ああ、やってしまったと思ってた。でも、父さんがぼくをぎゅっと抱《だ》きしめ、サマーといっしょになって涙《なみだ》ぐんでるところを見ると、まずまずだったんだろう。

母さんが出席しないのは、ちょっとがっかりだったけど、クリスといっしょにジョシュア・ツリー国立公園にキャンプに出かけて楽しんでるだろうから、それはそれでいい。父さんとサマーにプレゼントまで用意してた母さんは偉《えら》いと思う。

曲が終わり、今度はもっとスローな曲がはじまった。アレハンドラがたちまちうっとりした顔になって、ぼくの肩《かた》に両手を置いた。

「うげっ」とぼく。「ちょっと休憩《きゅうけい》にしない？」

「おい、何いってんだよ」アレハンドラがぼくの口まねをしてからかう。

だれかがうしろからぼくの肩《かた》をたたいた。「ちょっと、割《わ》りこんでもいいかな？」

ジョシュもぼくと同じで、着慣《きな》れないタキシードを着て居心地《いごこち》が悪そうだった。顔が真っ赤になってる。この一年、よく三人でつるんでたから、アレハンドラがそばにいると、ジョシュの顔が輝《かがや》くのに気づかないはずがなかった。「もちろん」ぼくはいって、うしろへさがった。「どうせ休憩《きゅうけい》しようと思ってたんだ」

「弱っちいなあ」アレハンドラはぼくにあきれた顔をしてみせてから、ジョシュの腰《こし》に腕《うで》をまわし、くるくるまわりながらむこうへ行く。

ふたりが音楽に合わせて身体をゆらすのをじっとながめてる。ジョシュが何かいって、アレハンドラがのけぞって大笑いする。ジョシュの首がますます赤くなった。

ぼくはにっこりしながらテーブルにもどっていく。結局なんだかんだいって、ことは収《おさ》まっていくんだからおもしろい。ぼくの生活は、表むきは前と何も変わらないけど、実際《じっさい》にはがらりと変わってる。つまりジョシュはいまも親友。でも、もうお互《たが》いに隠《かく》し事《ごと》はなくなった。この夏ふたりでまるまる一か月、野球のキャンプに参加する。そこにはプロの選手もいて、ぼくの好きなジャイアンツの選手もふたりまじってる。そのあとサマーが見つけてくれたトランスジェンダーのキャンプにも行く予定だった。サマーのまたいとこのジョーダンも参加する。ひょっとしたら友だちになるかもしれない。

アレハンドラは放課後に母さんの仕事場によって、週に二日ほど電話《でんわ》応対《おうたい》のアルバイトをしてる。新しい学校、ハリウッド・ハイスクールは気に入ってるようだった。いやなやつも何人かいるけど、友だちがたくさんできたし、前の学校みたいに修道女《しゅうどうじょ》から毎日どなられるよりよっぽどいいという。

ぼくのほうも、前と同じ学校生活がもどってきた。ニコはもういない。軍隊式中学校（生徒は常《つね》に制服《せいふく》を着用し、軍隊的訓練を受ける私立《しりつ》の男子校）のようなところに送られた。ジョシュとぼくはゲイ・ストレート・アライアンスのミーティングに何度か出席した。ふたをあけてみれば、そこに集まったみんなはいいやつばかりだった。もちろん、クラスにはディランをふくめ、まだいやなやつは数人いるけど、それ以外はほとんど問題なかった。母さんがいうように、いやなやつへの対処法《たいしょほう》をだれもが考えないといけないんだろう。

マデリンとは昨年の秋からまた話すようになった。まだ気まずい感じはあるけど。正直にいって、ぼくにはもう特別な感情《かんじょう》はない。でもホームルームでいっしょになると、アニメ映画《えいが》やマンガの話をして、それはそれで楽しい。

頭をうしろに倒《たお》して夜空の星を見あげる。目を細めて見れば、月の表面を横切る人工衛星《じんこうえいせい》を、自分のつくりだした宇宙船《うちゅうせん》メイヴェリック号に見立てるのはやさしい。昨日描《か》きあげた新しいマンガの最終ページの一コマが頭に浮《う》かぶ。ホーガンが操縦室《そうじゅうしつ》に立ち、セレナと冗談《じょうだん》をいいあいながら、新しい冒険《ぼうけん》への準備《じゅんび》をしてる。またもや未知の星へむかい、無数の星が散らばる巨大《きょだい》な宇宙空間《うちゅうくうかん》で、彼《かれ》らを乗せた宇宙船《うちゅうせん》はほんとうにちっぽけに見えるけど、いつでも彼《かれ》らは未来に目をむけてる。その先の角を曲がったところに何が待ってるのか、まったく知らないままに。

でも、ぼくらにとっても、人生ってそんなもんじゃないだろうか？　見知らぬものや、見慣《みな》れないものとむきあいながら、つらくても、怖《こわ》くても、負けずに立ちむかう。仲間と団結《だんけつ》し、お互《たが》いに助けあいながら未来を目ざし、その道中にも、楽しむことを忘《わす》れない。

少なくとも、ぼくにはそう思える。

さて どこへ行きますか? キャプテン
いつもと同じさ セレナ 未来へ出発!

作者あとがき

わたしはこの物語で、ある男子とその家族や友だちの生活を、できるだけオープンに、正直に描《えが》きたかったのです。この物語はフィクションではありますが、トランスジェンダーの子ども数人の実体験に深く根ざしています。

トランスジェンダーやジェンダーエクスパンシブ（男女の枠《わく》にとらわれない人）としての「正しい」生き方などというものはありません。トランスジェンダーではない人においても、そんなものがないのと同じです。シェーンは医療的処置《いりょうてきしょち》によって男性《だんせい》の身体になることを自分の意志《いし》で選びました。でも、同じ状況《じょうきょう》にある人が、必ずしもシェーンと同じようにするわけではないのです。

シェーンは、自分が「まちがった」身体に生まれてきたような気がしていますが、トランスジェンダーの人がみんなそう思うわけではもちろんありません。多くの人は、医療処《いりょうしょ》置《ち》や外科手術《げかしゅじゅつ》を受けずに、いまの性領域《せいりょういき》にいる自分を大切にすることを選んでいます。どうするのが正しくて、どうするのがまちがっているということはなく、これは自分で決めることであって、どうしようと個人《こじん》の自由なのです。

自分にとって、どうするのが最善《さいぜん》なのか考えるときに役だつ、たくさんの本やガイドブックがあります。また、トランスジェンダーやジェンダーエクスパンシブの生活向上のために闘《たたか》う組織《そしき》などもあります。そういう組織《そしき》のいくつかをわたしも支援《しえん》しています。L《エル》GBTQ《ジービーティーキュー》（レズビアン、ゲイ、バイセクシャル、トランスジェンダー、ジェンダークィア）のコミュニティのために働いている人は大勢《おおぜい》いるのです。

わたしにとってこの作品は、希望が憎《にく》しみに打ち勝つことを描《えが》いた、まったく初めての物語です。愛は恐怖《きょうふ》に打ち勝ちます。信頼《しんらい》、共感、理解《りかい》があれば、ときに束になってかかってくる、あらゆる力に打ち勝つことができます。そのことを忘《わす》れずにいれば、世界はわたしたちみんなにとって、よりよい場所になると、わたしはかたく信じています。

M・G・ヘネシー

訳者《やくしゃ》あとがき

シェーンはロサンゼルスの中学に通う男子。最高に気の合う親友がいて、ひそかに思いをよせている女子ともラブラブになりそうで、毎日がバラ色、のようですが……。

そんなシェーンにも、人にいえない大きな悩《なや》みがありました。じつは男でありながら、身体が女なのです。つまりトランスジェンダーなのですが、そういわれて、「ああ、そうなんだ」とすんなり思える人は少ないでしょう。身近にそういう人がいないから、わからないということもあるかもしれません。実際彼《じっさいかれ》らは少数派《しょうすうは》。そして、人は自分の知らないことは否定《ひてい》したがるもの。理解《りかい》が及《およ》ばないから、そんなの異常《いじょう》だ、不自然だと拒絶《きょぜつ》し、差別し、攻撃《こうげき》する。それはどう考えてもおかしいことなのですが、現実《げんじつ》にはそういうことがたくさんあります。

この作品を読むと、そういうおかしな現実《げんじつ》を変える鍵《かぎ》は、じつにシンプルなことにあると気づきます。身近で苦しんでいる人がいることを知り、なぜそんなに苦しいのかを知ろうとする、すべては「知る」ことからはじまるようです。

シェーンには理解《りかい》してくれる人もいますが、父親は、娘《むすめ》が医療《いりょう》によって男性《だんせい》の身体になることに賛成《さんせい》できません。その気持ちはわたしには痛《いた》いほどにわかりますが、当事者であるシェーンは許《ゆる》せない。父親が身勝手で、不当だとしか思えないのです。そんなふたりが対話を重ねるうちに変わっていき、父は子の苦しみを真に理解《りかい》し、子もまた、親も大変なんだと理解《りかい》していく。やはり鍵《かぎ》は、相手を知ろうとすることにあるようです。

人間を知ろうとするとき、優《すぐ》れた物語や小説は大きな力になってくれます。参考書で勉強すれば、トランスジェンダーについて知ることはできますが、トランスジェンダーの中学生が、実際《じっさい》どういうときに、どれほど傷《きず》つくのか、真の意味で理解《りかい》するのは難《むずか》しい。相手の立場になって考えろとはよくいわれることですが、現実《げんじつ》にはそうかんたんにいきません。

その点、優《すぐ》れた小説を読むことは、登場人物と一体になってその世界を生きることであり、自分ではない他者の立場に無理なく立つことができます。作中、シェーンが差別的な言葉を投げつけられる場面では、わたしもシェーンと同じように「呼吸《こきゅう》がとまった」ように感じましたし、「強い嫌悪《けんお》がこもった声」が胸《むね》に刺《さ》さって、ショックを受けました。そうして、きっと自分も「知らない」がために人を傷《きず》つけている可能性《かのうせい》がある、もっと知らなくちゃ、知ろうとしなくちゃと、目が覚めた気がしました。

ページをめくる指ももどかしく一気に読みながら、いつまでも終わってほしくないと思う極上《ごくじょう》の青春小説。読み終えて、ああ、よかった！　と本を胸《むね》に抱《だ》きしめるときには、心の風通しがずいぶんよくなっていて、自分を取《と》り巻《ま》く世界がまた少し広がったように思えることでしょう。ひとりでも多くの読者にシェーンの物語が届《とど》くことを願ってやみません。

杉田《すぎた》七重《ななえ》

M. G. Hennessey　M・G・ヘネシー
アメリカ合衆国カリフォルニア州ロサンゼルス在住。作家。『スター・ウォーズ』とサンフランシスコ・ジャイアンツとストロベリーアイスとダンスが大好き。もし超能力が使えたら、飛んでみたい。「トランスジェンダー・ロー・センター」、「ジェンダー・スペクトラム」、「ヒューマン・ライツ・キャンペーン」などの支援活動をしている。本作品がデビュー作。

杉田七重（すぎた ななえ）
東京生まれ。東京学芸大学教育学部卒業。小学校での教師経験ののち、翻訳家として、児童書、YA 文学、一般書などフィクションを中心に幅広く活動。主な訳書に、『青空のかけら』『ハティのはてしない空』（共に鈴木出版）、『イマジナリーフレンドと』（小学館）、『たいせつな人へ』（あかね書房）、『すばらしいオズの魔法使い』（西村書店）など多数。

Sfé R. Monster　スフェイ・R・モンスター
カナダのノバスコシア州の大西洋を望む地域に在住。漫画家、イラストレーター。トランスジェンダーの物語を伝えることに力を注いでいる。陰謀説、不気味な獣、民族音楽が好き。

編集協力　岡崎幸恵（おかざき さちえ）

鈴木出版の児童文学　この地球を生きる子どもたち

変化球男子

2018年　10月30日　初版第1刷発行
2019年　9月30日　　　第3刷発行

作　者／M・G・ヘネシー
訳　者／杉田七重
発行者／西村保彦
発行所／鈴木出版株式会社
〒101-0051　東京都千代田区神田神保町3-5　住友不動産九段下ビル9F
電話　代表　03-6774-8811
編集部直通　03-6774-8816
ファックス　03-6774-8819
振替　00110-0-34090
ホームページ　http://www.suzuki-syuppan.co.jp/
印　刷／株式会社ウイル・コーポレーション

Printed in Japan　ISBN978-4-7902-3343-5 C8397
乱丁・落丁は送料小社負担にてお取り替えいたします

この地球を生きる子どもたちのために

芽生えた草木が、どんな環境であれ、根を張り養分を吸収しながら生長するように、子どもたちは生きていくエネルギーに満ちています。現代の子どもたちを取り巻く環境は決して安穏たるものではありません。それでも彼らは、明日に向かって今まさにこの地球を生きていこうとしています。

そんな子どもたちに必要なのは、自分の根をしっかりと張り、自分の幹を想像力によって天高く伸ばし、命ある喜びを享受できる養分です。その養分こそ、読書です。感動し、衝撃を受け、強く心を動かされる物語の中に生き方を見いだし、生きる希望や夢を失わず、自分の足と意志で歩き始めてくれることを願って止みません。

本シリーズによって、子どもたちは人間としての愛を知り、苦しみのときも愛の力を呼び起こし、複雑きわまりない世界に果敢に立ち向かい、生きる力を育んでくれることでしょう。そのとき初めて、この地球が、互いに与えられた人生について、そして命について話し合うための共通の家（ホーム）になり、ひとつの星としての輝きを放つであろうと信じています。